梁 葉津子 著

「帰国者」による「脱北」体験記

冷たい豆《ト》満《マン》江《ガン》を渡って

ハート出版

はじめに

この本を手に取っていただき、ありがとうございます。

わたしの脱北と、北朝鮮での記録を残しておきたいと思い立ち、ペンを取りました。しかし、わたしが生きてきたあいだには、思い出すことさえつらいことがたくさんありました。特に北朝鮮に残してこなければならなかった家族のこと、あの地で亡くした家族のことは、書かなければならないと思いながらも、どうしてもペンが止まってしまいます。

お読みいただく方には大変申し訳ないことですが、わたしにはどうしても書けなかった人たちがいることを、お知りおきいただきたく、お願いいたします。

また、どうしても本当の名前を書けない方々もいらっしゃいます。そういった方々の名前は、仮名とさせていただきました。

梁　葉津子

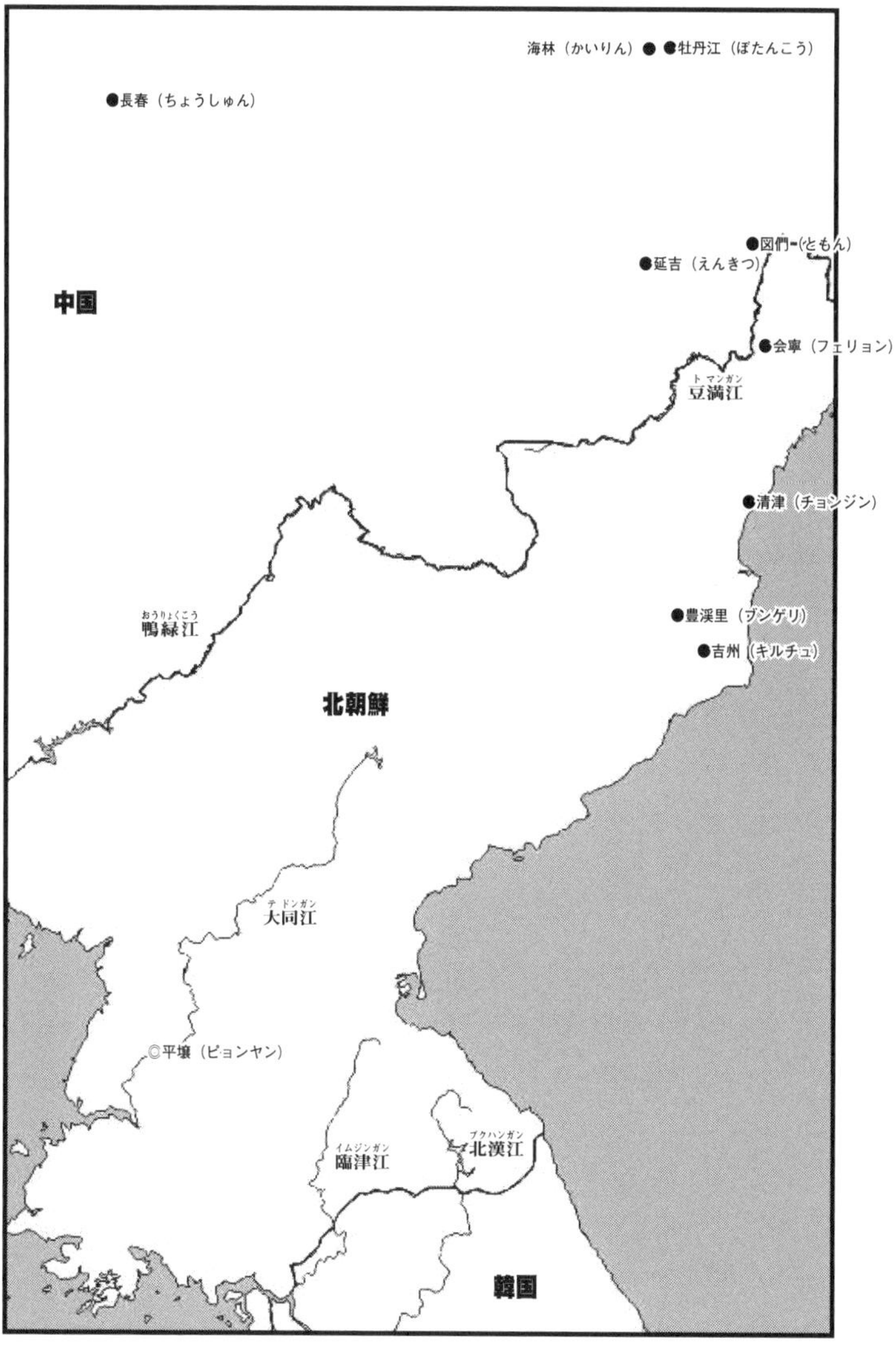
海林（かいりん）
牡丹江（ぼたんこう）
長春（ちょうしゅん）
図們（ともん）
延吉（えんきつ）
中国
会寧（フェリョン）
豆満江《トマンガン》
清津（チョンジン）
鴨緑江《おうりょくこう》
豊渓里（プンゲリ）
吉州（キルチュ）
北朝鮮
大同江《テドンガン》
平壌（ピョンヤン）
臨津江《イムジンガン》
北漢江《プクハンガン》
韓国

プロローグ

一九九七年四月十七日。意を決したわたしは、体の弱かった末の息子（三男）とともに、北朝鮮と中国の間を流れる豆満江《トマンガン》を渡りました。

凍てつく冬が終わり、道端の草木も枯れ色の間から新たな命を芽吹かせ始め、わたしたちにも本来ならば、新たな希望が芽吹くはずの季節です。しかしその三年前、「英明なる指導者」金日成が死去してから、北朝鮮の食糧事情は悪化していました。

「指導者」が生きている間は、充分ではないにしても、なんとか生きていけるだけの配給を受けられていました。それが、死去してからは量が減りはじめ、ついには滞り、わたしの周囲でも餓死者が出るどころか、さらに陰惨な出来事が起こりました。

それを聞いてわたしは、自分の意志にかかわりなく北朝鮮に帰国してから三十七年目で「これ以上ここでは生きていけない」と、春もまだ浅い国境の川を渡る決心を固めたのです。

新緑が萌え、あたたかな風が吹き始めていたとはいえ、川を流れる水は文字どおり身を切るほどの冷たさでした。しかし、それに怖じ気づいていたのでは、わたしと、体の弱い三男の命は、もっと危ないことになってしまいます。

わたしはこの時の、川の水の冷たさを一生忘れません。

三男と力を合わせて、なんとか中国側の岸に上がることはできました。そうすると今度は、浅い春の空気が川の水よりも冷たく感じられ、歯の根も合わないほどの震えが体の奥から湧いてきました。

でもここで震えていては「わたしたちは脱北者です」と中国の警察官に自白していることと同じで、対岸の北朝鮮の警備員に見つかってしまうのも時間の問題です。とにかく先に進まなければなりません。

こうしてわたしたちの脱北は、始まりました。

第七章　中国で待っていたもの

第八章　図們の拘置所で

第一章　望まぬ「帰国者」になって

逆らえなかった「帰国」

わたしは一九四三年三月、大阪梅田で生まれました。両親はともに朝鮮半島の出身で、当時でいう〝内地〟日本に住んでいました。ところがわたしが二歳になった年、終戦近くになって、大阪の街はアメリカ軍の大規模な空襲に見舞われたのです。わたしが住んでいた家はもちろん、街全体が焼け野原になってしまい、住まいを失ったわたしの家族は、石川県に疎開することになりました。

終戦を迎えたのは疎開先で、わたしの家族はそのまま石川県に定住していました。そこでわたしは中学を卒業し、十六歳で地元の紡績工場に勤めはじめたのです。

その翌年の秋ごろから、わたしの家に朝鮮総連の人が出入りするようになりました。総連の人たちは、父に帰国事業のことを熱心に話していました。父はあの人たちが熱心に話す「北朝鮮は地上の楽園だ」とか「子どもたちも幸せになれる」「高度な教育も受けられる」といった言葉に、真剣に耳を傾けていました。

父はとにかく人を信じる、よくも悪くもまっすぐな人でした。そして同時に嘘をつくことができず、また人の嘘を見抜くこともできない人でもありました。ですから、当時の朝鮮総連の人たちの言葉を真に受けて、北朝鮮に行くこと——そこで生まれたわけではない、わたしにとっては見も知らぬ祖国に、帰国する決意を固めたのだと思います。

そんな父に対して、母はまったく逆のきつい性格で、人の言うことを鵜呑みにせず、また言いなりになることもない人でした。それに加え、両親は朝鮮半島の生まれですが、父は忠清南道《チュンチョンナムド》、母は慶尚北道《キョンサンブクト》で、どちらも今は韓国になっています。

北朝鮮に行くことは、けっして帰国などではないのです。ですから母は、父が望む帰国に大反対でした。そこで母は、わたしたち子どもにも反対させて、なんとか北朝鮮行きをあきらめさせようとしていました。

ですが、わたしたち子どもは、言い争いを続ける両親を見て「反対したらお父さんがかわいそう」と思ってしまいました。

本当は、わたし自身としてはとてもいやだったのですが、それ以上に両親のそばを離れる勇気がなかったのです。それに、行ってみていやな所だったら帰ってくればいいと、安易に考えてもいました。今考えてみれば、迂闊《うかつ》としか言いようがありません。しかし、ずっと日本に住んでいたわたしにとって、一度行ったら二度と帰れないなんて、想像もできないことでした。

不安に満たされた帰国船

こうして父と母、そしていちばん上の兄を除く五人の子どもは、一九六〇年六月の中ごろに、新潟からトポリスク号という船に乗せられ帰国の途に就きました。

待合所になっていた新潟の日赤センターで、わたしたち一家は乗船を待つことになりました。そこには帰国に期待を抱いて心待ちにしている人もいれば、わたしのように不安を抱いている人もいて、それぞれに声をひそめて話を交わしています。

わたしと同じ年ごろの人でも、朝鮮総連の人たちの言うことを信じている人たちは「北朝鮮は戦争が終わったばかりで貧しいけど、ぼくたちがよい国にするんだ」とか「自分の祖国の復興の力にならなくては」と熱心に話し合っていました。

しかし、父の決めたことに逆らえなかったとはいえ、自分の故郷でもなんでもない、言葉もわからない見知らぬ国に行かなくてはならず、心細かったわたしの耳は、不安な人たちの声を、引き寄せられるように拾ってしまいました。中でも「船から飛び降りて、逃げようとした人がいる」という話を聞いてしまったことで、不安な気持ちは一層強くなってしまいました。

出航すると今度は、これから行く北朝鮮への不安に、船の独特で慣れない匂いへの嫌悪感が重なり、デッキに出て外の空気を吸う気力も失せてしまって、船室でふさぎこんだようになっていました。それでも出航してから三日目、「あ、朝鮮が見えるぞ」という誰かの声を聞いた時には、思わずデッキに出ていってみました。

暗い色の海をへだてた先には、初めて見る朝鮮半島がありました。しかしそれよりも驚いたのはその前、半島とわたしたちを乗せた船の間に、間隔をおいて並んでいたたくさんの軍艦でした。すでに戦争は終わっていると聞いていたわたしは「本当はまだ戦争をしているのかしら」と思うと緊張の震えが走り、不安がさらに高まってしまって、すぐに船室におりてしまいました。

見知らぬ祖国への「帰国」

船室におりてまもなく、船は清津港《チョンジン》に接岸されました。北朝鮮への帰国を待ちわびていた人たちは、興奮して騒ぎ出し、北朝鮮の国旗を振って「万歳、バンザイ！」と叫んでいます。わたしはそこから逃げるようにして、ふたたびデッキに上がり、あの人たちが待ちわびた祖国がどのようなものなのか、見ようとしました。

初めて見た祖国。そこでわたしの目に留まったのは、山でした。それも、わたしが故郷の日本で見知っていたのとは、まったく違う山でした。なぜなら、そこにはほとんど木が生えていなかったのです。

「荒れ果てたところ」。それがわたしの、祖国に対する第一印象でした。日本で生まれ育ったとはいえ、朝鮮民族の両親を持つわたしだって、同じ朝鮮民族です。でも、自分が生まれ育った土地と、これから生きていかなければならない土地との、見ただけでもわかるあまりの違いに、わたしはそう思わざるをえませんでした。

　船室の荷物をまとめ、両親に続いてタラップを降りるわたしたちを、北朝鮮の人たちは熱烈に迎えてくれました。しかしそこにいた人たちは、それまでわたしが日本で見ていた人たちとは、様子がまったく違っていました。失礼な言いかたかもしれませんが、本当に貧しく、飢えている人たちに見えたのです。

　わたしが後にした日本も、その頃は戦争に負けた直後でしたから、貧しく飢えていました。でも初めて見た北朝鮮の人たちは、肌がうぶ毛立っていて、そんなわたしたちよりも、あきらかに飢えていたのです。そして、そのときはなぜだかわかりませんでしたが、どこか緊張しているようにも見えました。

　北朝鮮の土を初めて踏み、わたしたちを歓迎してくれている人たちに近づいてみると、遠くからは色あざやかに見えていた民族衣装、チマチョゴリの襟元が、どれも埃や垢で汚れているのがわかりました。若い学生ふうの一団もいましたが、その人たちの着ているものも日本の学生とは違う、一見して質の悪い生地を使っているものということが、あきらかでした。

それに気がついてわたしは、ここは本当に来てはいけないところだったという思いが実感となり、それまで自分でもわからなかった不安の正体を見てしまったのです。

祖国に裏切られた父

清津に着いたわたしたち帰国者は、バスに乗せられて「招待所」という施設に向かいました。コンクリートに直接壁紙を張っただけのような建物で、全体に〝もし味噌が腐ったとしたら〟とでもいうような匂いが漂っている、陰気な場所でした。ですからわたしは、バスに乗っているあいだも、着いてからもじっと口をつぐみ、耐えていました。

しかし、そんなところに押し込められていても、いきいきとして喜んでいる人たちがいたのにには驚きました。その人たちは、北朝鮮に着くなり朝鮮語で話しはじめ、祖国という言葉をしきりに使い、わたしたちにあれこれと指図しはじめました。

そんな人たちを見ていると、わたしの中には「自分に祖国があるとしたら、それは両親が生まれた南（韓国）で、こんな国ではない」という思いが一層強くつのり、憎しみにも似た思いにとらわれてしまいました。

北朝鮮に着いて、初めての食事の時間になりました。「食堂」は、招待所とは別の建物でした。今では大きくなっている清津の街ですが、そのころはまだなにもなく、荒れ果てた野原を歩いて向かいました。そしてその食堂にも、招待所とおなじようなすえたようなにおいが漂い、出された食事からも日本で食べていたものとは違う、いつまで経っても慣れられそうにないようなにおいがしています。

お米は玄米でした。その他にタクアンもありましたし、他にも食べ慣れていた日本ふうのおかずや、これから食べることになる朝鮮ふうのお料理も並んでいました。しかしわたしには、そのどれからも慣れられそうにない、あの匂いが立ちのぼってきていて、どれも箸をつけることができなかったのです。

そんなわたしを両親は心配そうに見守ってくれるのですが、それもまた申し訳なく、翌日からはあれこれ理由をつけて、食堂に行かないようにしていました。そしてそれが二、三日も続いてしまって、いたたまれなくなった父は、わたしのことを食堂の人に相談してくれました。そして「なにか娘が口にできるものをください」と頼んでくれたのでしょう、牛乳を少しもらってきてくれたのです。

父は、わたしのためにやっと手に入れてくれた牛乳の入ったビンを、見せてくれました。それは、わたしの知っている牛乳ビンとは違って、当時の日本のサイダーのビンのような、青みがかった色をしていました。それに、何度も割れたあとを手直ししたような、でこぼこした見た目で、清潔さが全然感じられません。

そしてなにより、そのころわたしは牛乳が飲めなかったのです。父はそのことを知っているはずだったのですが、わたしを気づかうことばかりに必死で、それが念頭から外れていたのでしょう。ですがまだ子どもだったわたしはその時、

「お父さん、わたしが牛乳飲めないこと、知っているじゃない！」

と、父を非難する言葉を口にしてしまったのです。

その言葉を投げつけられたときの、父の目が忘れられません。それは本当にわたしを心配してくれている目で、それとともにそれまで見たことのない、悲しみをあらわにしていました。それを見てわたしは、父がわたしを本当に気遣っていてくれていること、そして

家族でいちばん帰国を望んでいた父が、実はそのときいちばん後悔していること、そしてそれ以上に、そんな父を自分は悲しませてしまったことを知って、わたしは泣きそうになってしまいました。

そんなわたしたち家族を、「祖国の偉大な指導者」金日成の肖像画が笑いながら見ていました。わたしと同じ帰国船に乗ってきた人たちのなかには、祖国に着いた早々落胆してしまった人が何人もいて、その中にはお酒を飲んで暴れて、その肖像画に物を投げつけた人もいたといいます。

その人たちがその後どうなったのか、聞いたことがありませんが、わたしと同じ思いを持っている人が他にもいるということに、安心とも嫌悪ともいえない、複雑な思いがしたものです。

それでも祖国の未来を信じる人

清津の招待所にいたのは、一週間くらいでした。そのあいだに帰国者は、氏名や年齢、財産や荷物の量、日本での職業などについて聞かれ、どの土地に送られるかが決められました。

わたしの父は、帰国した当時はもう六十歳を超えていて、北朝鮮が必要とする技術も持っていませんでしたから、どこに送られてしまうのか、家族はみな不安な気持ちでいました。そして決められたのが、遊仙《ユソン》というところでした。

わたしの妹は、日本にいたころ朝鮮学校に通っていたので、多少は朝鮮語がわかりましたし、わたしも帰国船の中で、妹から少しだけですが、教えてもらっていました。そこで、地図を見ながら遊仙という地名を探してみたのです。

その地名は、中国と北朝鮮の国境を流れる川、豆満江沿いにある咸鏡北道《ハムギョンブクト》の会寧《フェリョン》という街の近くに見つかりました。川を渡れば、すぐそこは終戦前は満洲国だった土地で、北はソ連が間近、という場所です。それを知ってわたしは、日本で聞いた、シベリアでたくさんの日本兵が捕虜になっているというニュースを思い出しました。そして、捕虜の日本兵と、父の姿が重なったのです。

あらたな不安が芽生えたわたしは、母にそのことを伝えました。驚いた母は、招待所の責任者らしい人に、別の土地に変えてもらえるよう話をしに行きました。けれども「北のほうだが住みやすい場所だ」と、取り合ってくれません。

実は招待所に着いた早々、わたし自身も同じ人に「日本に帰りたい」とお願いに行ったことがありました。しかしそのときも「五カ年計画が終わったら白米に肉のスープ、瓦屋根の家に住めるから」と引き止め、「そんなものいらないから帰してください」と言い募るわたしに「あと三年すれば朝鮮半島は統一して、南の穀物と北の工業で豊かな暮らしができるから、心配しなくていい」と、自信たっぷりの口ぶりで言って、わたしの言うことをやはり、取り合ってくれませんでした。

その招待所の責任者は、朝鮮戦争で負傷した傷痍軍人だったようです。その人は祖国の未来を信じ、そのために戦争に行って、体が不自由になっても国のために尽くしている人なのですから、きっと心の底から金日成と祖国を信じていたのでしょう。その人がそのあと、どうなったのかはわかりませんが……。

国境の町に送られて

期待を裏切られて落胆する父、怒ってばかりの母、そしてわたしたち五人の子どもを乗せた汽車が、遊仙に向かって出発しました。その車窓から、生まれて初めて水田を見ることができたのですが、それを見た大人たちが「日本の稲にくらべるとずいぶん小さい。こんなので米が穫れるのだろうか」と話し合っているのを聞いて、わたしは招待所の責任者にだまされたような気持ちになって、ますます不安になっていました。

遊仙で案内された「家だ」という建物で、さらにわたしは不安になりました。駅に着いたわたしたち家族が案内された建物は、入ってすぐに床が打ちっぱなしのコンクリートの六畳間くらいの広さの部屋があり、「玄関にしてはずいぶん広いな。なんの建物なのだろう」と思い、土足のまま入ろうとしました。

するとその部屋で、その地区の労働党幹部だという人たちが、わたしたちを待っていたのに気がつきました。そしてその人たちは皆、靴を脱いでいました。そこで初めて、ここが人の住む家なのだと気がついたのです。

その労働党の幹部の人に「日本にいたときと同じ仕事をしますか？」と聞かれ、わたしは「まず勉強をします。なにしろ言葉も知りませんから」と答えました。とにかく日本に帰ることができない以上、朝鮮語を覚えないことにはなにもできません。こうしてわたしは、技術高等学校に通い、朝鮮語と炭鉱の技術を学ぶことになりました。

北朝鮮の高校生活

その高校は二年制で、日本語を知っている校長先生がつきっきりで、朝鮮語を教えてくれました。当時の北朝鮮の学校の先生は、日本領だった時代の人でしたから、日本語に堪能な人が多くいました。それに加え、戦前の日本文化にも詳しく、李香蘭の歌を歌ってくれたり、この国に来てどんな気持ちかを聞いてくれたりと、日本から来たわたしたちを気遣ってくれたのは、ありがたかったです。

しかしその先生たちも、わたしが卒業したあとで、追放されてしまったそうです。一九六〇年代の半ば以降、いわゆる日帝時代を知っている知識人たちはそうやって、労働者として工場などに送られてしまいました。これにはどうやら、北朝鮮の歴史教育の方針が影響していたようです。

どんなに日本のことを理解している先生でも、国が決めた方針どおりに教えなければなりません。今もそうかもしれませんが、たとえ技術高校でも、北朝鮮の学校でいちばん重視されるのは歴史教育です。それは世界史などではなく、自国の歴史ばかりで、日本の植民地支配がどんなにひどかったとか、アメリカがキリスト教と戦争でどれだけ朝鮮人の精神をマヒさせたかとかというふうに、とにかく自分の国以外はみんな敵だと生徒に教え込むのです。

わたしは戦争中に生まれましたから、戦前の教育を受けてはいませんが、日本も戦争中にはそういった教育をしていたと聞いたことがありました。ですから、いつもはよくしてくれる先生が、そういった授業をしているのを聞きながら、この国は戦争中の日本のようなものなのかな、と思っていました。

授業のあいだの休み時間になると、北朝鮮で生まれ育った同級生たちが、日本でどういう暮らしをしていたのかと、興味津々で聞いてきました。その中でびっくりしたのは「警官にいつも殴られていたのか?」という質問でした。

北朝鮮では、日本では警官が棒を持っていて、そこらじゅうの人を殴って回るのが普通だと教えられていたのです。ですからわたしは「悪いことをしたことがないから、殴られたことはない」と答えたのですが、全然信じてもらえません。

考えてみれば、北朝鮮では人々が国に監視され、びくびくしながら暮らしていたのですから、それよりも日本はひどい国だと教えられれば、日本人は自分たちよりひどい扱いを受けているると信じたくなるのでしょう。ですからその当時は、そんな同級生と話をすることを、とてもつらく感じていました。

けれども言葉を覚えるには、先生に教えられるよりも、同級生と日常会話をした方が早く覚えられます。そう思って二年間、わたしは同級生たちと友達づきあいをして、北朝鮮の言葉と人々の考え方や暮らしのことを学びました。

帰国者と結婚して

そうやって通った北朝鮮の高校ですが、結局わたしは卒業することはありませんでした。なぜなら卒業する直前に、結婚したからです。

夫もまた帰国者でした。最初に知り合ったのは、当時すでに日本人の奥さんがいた夫の兄で、技術高校の炭鉱の実習を一緒に受けていました。

そのとき、夫の兄は朝鮮語の新聞を読んでいたわたしに「朝鮮語を読めるんですか」と声をかけてきました。そこから話が始まり、わたしはその人の弟たちに、朝鮮語を教えに行くようになりました。

その家は、帰国者ばかりが住んでいた一画にあり、そこではふつうに日本語が飛び交っていました。それがわたしには好ましく思え、一時は足繁く通っていました。

その、朝鮮語を教えている兄弟のひとりが、ある日わたしの家に「弟の誕生祝いに鶏を一羽欲しいのですが……」と訪ねてきました。その彼が、後にわたしの夫になる人だったのです。わたしは、そのお祝いの席に誘われ、そこからお付き合いがはじまりました。

卒業を目前にしていたわたしは、自分の将来について、迷いがありました。通っていた技術高校では、炭鉱のことを学んでいたため、卒業後は自動的に炭鉱に配属になってしまいます。しかし、それには抵抗があったのです。その一方で、彼とその家族とは日本語で会話ができ、日本のことを話し合える関係が心地よく、この人と家族のために役に立ちたい、という思いに惹かれ始めていました。

こうしてわたしは、高校卒業ではなく結婚という道を選びました。しかしそれは一ヶ月で、早くも終わりを迎えそうになったのです。

夫の家に嫁いではみたものの、そこの家の人たちは、本当になにもしないのです。じつは結婚前、夫の兄に頼まれて朝鮮語を教えに通っていたときも、夫の兄弟たちには言葉を覚えようという意欲が見られず、自然と足が遠ざかりつつありました。それでも、同じ帰国者で縁がある人たちなのだからと思うようにしていたのですが、言葉を覚えるどころか、学校に行って勉強しようとも、働きに出ようともしないのです。それに加え、結婚して家に入ってみると、義母はわたしに家事をまかせっきりでした。

もちろん、夫への愛情に変わりはありませんでした。それでも、そんな新しい家族との生活に耐えきれず、わたしは義父に正直な気持ちを打ち明け、実家に帰ったのです。

実家で数日を過ごしていると、夫が訪ねてきました。そして「家を出て二人だけで住もう。自分も態度をあらためるから、もう一度一緒になってくれ」と熱心に話します。また母からも「一度家を出てお嫁に行ったのだから、けじめをつけてきなさい」と言われ、わたしたちは二人だけの生活をはじめることにしました。

北朝鮮での出産と子育て

こうして新婚生活をふたたびはじめたのですが、夫は約束どおりに働いてはくれませんでした。夫の仕事は炭鉱で、北朝鮮では男も女も関係なく、一日中真っ黒になって働いていました。そんな重労働を嫌っていたのか、夫は決められたとおりに、働きに出ることはなかったのです。

そんな日々が続く中で、わたしは最初の子を身ごもりました。しかし夫がそんな具合ですから、わたしには産んでも育てられる自信がありません。産もうか堕ろそうかと思い悩むうちに日は重なり、結局一九六三年、わたしたち夫婦は長男を授かりました。

しかし、そこからがまた、つらい日々でした。出産したにもかかわらず、お乳が出なかったのです。当時の北朝鮮では原因も対処法も知るすべがなく、粉ミルクはとても高価で、わたしたちには手が届きません。

ですから、家にわずかにあったお米を臼で挽き、七輪で炊いて重湯のようにして飲ませていました。そのお米も底をつくと、服など売れそうなものはすべてお金に換え、子どものためのお米を手に入れていました。

その後、六七年には長女を、七〇年代に入って次男と三男を授かりました。この子たちも、長男と同様、重湯で育てなければならなかったのは、つらいことでした。

日本では、子どもにあげるお乳がなくて悩む母親は、そんなにいないと思いますし、それだけに皆さん、丈夫な子どもに育っていると思います。ですがわたしの子どもたちは、赤ちゃんのころの栄養が足りなかったからでしょう、体が弱く、働く意欲はあっても、きつい仕事をするとみるみる弱ってしまうのです。

それでも、そんなわたしと子どもたちを見ていたせいか、夫もやっとまじめに働いてくれるようになりました。そうしていくつか仕事を変えながら続けていたのですが、今度は夫の目がだんだん、見えなくなってきてしまいました。夫は日本にいるあいだ、ボクシングをやっていて、そのとき片目を痛めていたのがよくなかったのです。

いよいよ夫に頼れなくなり、子どもたちの手が離れ始めたわたしは、自分で家族を支えなければならない、という決心を固めました。そして朝鮮労働党の地区担当者を訪れ、自分でもできる仕事を紹介してもらったのです。

労働と子育ての日々

労働党の地区担当者は親切で、炭鉱の技術高校に行っていたとはいえ、体力も経験もないわたしの話を聞いてくれました。そして、多少はバリカンを扱った経験があるということで、散髪店の仕事をお世話してくれたのです。

北朝鮮では、男性の長髪は禁止されていましたから、散髪店は繁盛していました。職場の人たちからは、わたしが帰国者で体が弱そうに見えたのでしょう、「ブルジョワふうの女」などと言われました。しかし、ここで働かなければ子どもたちを守れないと思い、わたしは懸命に働きました。

また当時の北朝鮮では、ふだんの仕事の他に毎週金曜日、社会奉仕で農村での労働がありました。これは強制で、農村の人手不足をおぎなうためだったのでしょう、田植えやトウモロコシの収穫など、季節によってさまざまな作業に従事しました。散髪の仕事に加えての重労働でしたが、もともと土いじりが好きだったわたしにとっては、少しだけですが楽しい時間でもありました。

　夏の労働奉仕は、砂金採りでした。山奥で岩をどかし、スコップやつるはしで地面を掘るのです。もちろん男も女も関係なく、わたしもこのとき初めて、つるはしを握りました。冬は燃料確保のために、山できこりの真似事です。男は炭鉱で働き、女は山に入って、薪にする木を伐《き》るのです。たまに男の人も加わりましたが、怪我をして体が不自由になった人ばかりでした。

　いろいろな仕事をさせられ、けっして楽な日々ではありませんでしたが、わたしにとっては貴重な体験をした時期でもありました。働きながらいろいろな人と話し、生活総和という、職場でお互いの悪いところを批判しあう行事をしながら、朝鮮語がうまくなり、いちばん話が上手だと言われるようにもなりました。

また、家にいて子どもや夫の世話をしていただけではわからなかったことに、目が開かれたことがとても大きかったように思います。北朝鮮人と帰国者の違いだけではなく、どちらにもさまざまな人がいて、生きかたもいろいろだということ、そして社会の仕組みの違いで、人の生き方がどう変わっていくのかなどを、わたしは実感として知ることができました。

帰国者の多くは、北朝鮮生まれの人を〝アパッチ〟とか〝げんちゃん（編集注：原住民の意味）〟と呼び、見下していましたが、実際にはしっかりした人もいます。また逆に、帰国者のなかには、もともと住んでいる人たち以上に金日成を信じ込んでしまい、積極的に自分を変えてしまう人もいました。

そんな社会の中に放り込まれて、わたしは日本にいたときのように、控えめにしていてはうまく生きられないと気づきました。こうしてわたしは、帰国したころにくらべると強く、というよりもきつい女になっていたと思います。自分でそれは感じてはいましたが、そうでなければ生きる道はありませんでした。

そうやってがんばって生きてきましたが、四十代になったころからだんだんと体が弱りはじめ、仕事を散髪からパーマに変えました。北朝鮮のパーマ液は匂いがきつく、体にはよくなさそうでしたが、お客さんからお礼に穀物や野菜をもらえたので、張り合いのある仕事でした。

日本からのお客様

散髪の仕事をしていたころのことでした。朝鮮労働党の人が突然、わたしの家に来て「日本からお客さんが来るので、言葉に注意してください」と言いました。

一体なんのことなのかわからないうちに、今度は職場の人が、労働党の人と一緒に来て家の中を見回し「恐ろしいほどなにもない家ですね。これでは日本から来た人に恥ずかしいですから、引っ越しましょう」と言って、本当にあたらしい家を用意してくれたのです。

この引っ越しも労働党の命令ですから、素直に従って新しい家に引っ越しましたが、建物はもちろん家具もよいものばかりで、いきなり人間らしい生活になりました。しかも服まで質のよいものを与えられ、食べるものも北朝鮮に来て以来、あまり見ることのなかったくだものやお肉、お酒まで、無料で支給されるようになったのです。そのうえ、町中の人が駆り出され、家の前の道路まできれいに掃除されました。

それまでは一方的な命令ばかりで、わたしたちの暮らしのことなど気にもかけていなかった朝鮮労働党が、手のひらを返したように至れり尽くせりになった理由、それは、わたしの日本に残っていた兄が、北朝鮮に来ることになったからでした。

兄が来る日、わたしたち帰国した家族は、いちばん広かった弟の家に集められ、わたしにはチマチョゴリを着て迎えるように、命令されました。

およそ二十年ぶりに会う兄は、日本で別れたときよりも血色がよく、たくましく見え、人が入りそうな大きなスーツケースを持っていました。その中から、日本製のジャケットや下着などを出しては帰国した家族に分けてくれ、わたしには真珠のネックレスとイヤリングをくれました。

再会を喜び、いつもは口にできない贅沢な食事を前にしたわたしたち家族ですが、弟の家の前には監視役が立って、中の様子を見張っています。ですからわたしたちは、胸がいっぱいだっただけではなく、会話を聞かれることに神経質になってしまって、なにをどう話したらよいのかわかりませんでした。

それに気が付いたのかどうか、兄はキムチを一口食べて「ああ母さん、このキムチ、食べたかったよ」と言い、わたしたちを見回しました。そして声を落とし「みんな知っているからなにも言うな。よくわかっているから」と続けました。さらに弟の目を見ながら「この家は、兄ちゃんが日本から来るからもらえたんだろう」と言います。「なんでわかるのか」と不思議がる弟の質問に答えたあと、兄は「お前たち、とにかくみんな元気だということがわかった。兄ちゃんはそれだけでいいんだ」と静かに言いました。

兄への懇願

それから二日ほど、兄はわたしたちの家を回って歩き、最後に妹の住む海州《ヘジュ》の家に家族全員が集まりました。そこで兄はわたしたちに、

「お前たち、もうここに来た以上、ここで生きていこうと思え。朝鮮人が朝鮮で暮らしているんだから、それでいいと思え。兄ちゃんにも考えがある。直接には何もしてやれない

けど、ほしいものがあったらなんでも言え。日本に帰ったら、なんでも送ってやる」

と言ってくれました。

そんな兄に、弟や妹は電化製品や、仕事に必要なものを頼んでいました。それを聞いた兄は、その横で黙ったままのわたしに「おまえはなにが欲しいんだ」と聞いてきました。

でも、わたしはそのとき、胸が詰まる思いでなにも言えなかったのでした。

それにもし、口を開いたとしたら、

「なにも欲しくはないんだよ。日本に帰りたいだけだよ」

と言ってしまいそうでした。それが喉まで出かかってこらえると、かえって思いがあふれてしまい、わたしはついにその場で、泣きだしてしまいました。

「あのスーツケースに入れて、わたしを日本に連れていって！」

それがわたしの、兄への本当の願いごとでした。

そんなわたしの気持ちを察してくれたのか、兄は「わかった、わかった。もうなにも言うな」と言ってくれました。そして監視員の隙を見て「日本の金を使えるのは知っているか。とにかくとっておけ」と言って、日本のお金を三万円、握らせてくれました。

兄がくれたお金でわたしが、外貨ショップで最初に買ったのは、お砂糖二十キロでした。そのときは、すぐに必要ではなかったのですが、わたしの子どもたちが小さかったころ、お砂糖がなかったために泣いた夜が幾晩もあったことを思い出し、買わずにはいられなかったのです。そして少しずつ料理などで使っていたら、疲れていたわたしの体もずいぶん回復していきました。

それから兄は、わたしたち帰国した家族に、毎月送金をしてくれました。それでわたしたちは、体力をとりもどし、命をつないでこられたのです。

わたしがいま、こうしていられるのは、脱北を手助けしてくれた中国の方々はもちろんですが、北朝鮮にいるわたしたちを、日本から支えてくれた兄と奥様のおかげです。

兄は亡くなるまで朝鮮総連に籍を置いていたといいます。それは、総連にいた方が、わたしたちを助けるのに役立つからということでした。

今の朝鮮総連には、そういう方は残っているのでしょうか。

【参考資料】1959（昭和34）年12月14日から始まった「帰国事業」の船を熱烈に見送る新潟港の風景
※著者の乗った船ではありません

写真はすべて『写真で綴る北朝鮮帰国事業の記録 帰国者九万三千余名 最後の別れ』小島晴則（高木書房）より

第二章　初めての脱北

保衛部からかけられた嫌疑

一九七〇年代の終わり、中国では鄧小平が指導者になって改革開放を始めましたが、その影響は北朝鮮にもあらわれていました。といっても改革が始まったわけではなく、開放された中国にいる朝鮮族の商人たちが、国境を越えてきて、商売を始めるようになっていたのです。

わたしはそのうちの一人と、親しくなりました。そのころわたしは、兄が日本から送ってくれた服を着ていたので、それが目にとまったのでしょう。その人は最初、わたしの着ている日本製の服に目をつけ、それを売ってくれと声をかけてきました。聞けば、そのころの中国では、日本製の服がとてもよく売れていたのだそうです。

中国から来た朝鮮族の商売といっても、北朝鮮政府公認ではない、いわゆる闇商人です。

それでも、服を売ることで生活が楽になるわけですから、その人が欲しくても自分が持っていないような服は、他の帰国者で日本の服を持っている人を紹介したりして、商売の手助けをしていました。

その朝鮮族の商人から、中国では改革開放が始まり、資本主義に近くなっていること、お金を自由に稼げるようになって、お金さえあれば国内はもちろん外国にも自由に行ける、という話は聞いていました。とはいえそのころのわたしは、そんな話は自分の北朝鮮での生活には関係がなく、いろいろ不安や不満はあっても、脱北しようなどとは思ってもいませんでした。

それでも、中国の商人を手伝うわたしの様子を見た北朝鮮の保衛部は、いつかわたしが脱北するだろうと見当をつけたようでした。なぜかというと、親しくしていた朝鮮族の商人が保衛部に逮捕され、わたしが参考人として呼び出されてしまったからです。

そのときは、わたしの他にも四、五人が呼び出されたようでした。保衛部員はわたしに「その中国人を知っているか」「何度どこで会ったか」などと質問しました。そしてさらには「この中国人に北朝鮮を出ていく相談をしたのか」ということまで、聞いてきたのです。

もちろんわたしは「そんなことはしていない」と答えました。たしかに日本で生まれ育っていましたから、北朝鮮に多少の不満や愚痴はあります。しかし、そんな大それたことは考えたこともありませんでしたし、もしそんなことができるようなら、日本を出てここまで来たりはしない、ということまで言いました。

それを聞いた保衛部の人は、あきれたような顔になりましたが、わたしの話に納得したようで「疑われるようなことはしないように」と付け加え、そこで話は終わりました。

しかし、一度保衛部からかけられた疑いは、そう簡単に晴れることはありません。そして、このことがきっかけになって、わたしの中に脱北――北朝鮮から逃げ出すという考えが生まれたのです。そして、このときにできた中国人とのつながりのおかげで、わたしは脱北するルートを確保することができました。

金日成の死で始まった変化

北朝鮮から逃げることを真剣に考えはじめたのは、保衛部に呼ばれてからあと、しばらく経ったころでした。それと同じ時期、わたしと北朝鮮という国には、さまざまな変化が起きていたのです。

その中でいちばん大きかったのは、一九九四年七月八日の、金日成の死去でした。国じゅうが大騒ぎになったので、日付をはっきりと覚えています。この日は、重要なテレビ放送があるから必ず観るようにという命令があり、テレビがあったわたしの家には、近所の人がおおぜい集まってきました。

「金日成将軍様がお亡くなりになりました」という、沈痛な声のアナウンサーの言葉のあとは、何日にもわたって亡き将軍様の偉大さを讃える番組が繰り返され、近所の人たちは悲しみに暮れて泣き叫んでいました。日本では、北朝鮮の人たちがテレビカメラの前で泣き叫んだり、狂喜したりする姿を見て「やらせだろう」と思っているかもしれませんが、あれは演技ややらせではないのです。

そんな人たちの中で、一人だけ笑いをこらえているような表情の人がいました。その人は、北朝鮮に生まれ育っているのですが、三十八度線の近くからわたしの住む中国国境の町まで、追放されてきた人でした。ですから、金日成を悪く思っていたのかもしれません。

それでも、いくらひどい目に遭わされたとはいえ、人の死を喜ぶというのはどうにも腑に落ちませんでした。

それでも、そこまでの気持ちを持ってしまった人がいること、そして、そういう人を作ってしまった国に自分がいることをあらためて知り、わたしにはこの国が、だんだんおかしくなっていくのではないか、という予感がありました。

実はわたしは、金日成に悪い感情を持っていませんでした。日本にいたころ、何度か朝鮮学校に連れていかれ、金日成の話を聞いていたのですが、偉大な指導者が自分から人民の中に入っていく姿が、日本の政治家に比べて立派な人に思えていたのです。もしかすると、あれほどいやだった帰国を最後に後押ししたのは、そのときの印象だったのかもしれません。

金日成よりもむしろ、わたしの怒りは帰国者を「地上の楽園」などとだました朝鮮総連と、韓徳銖《ハンドクス》議長に向けられていました。そして、北朝鮮で生きていくには、金日成や政治のことなど考えず、その日一日をいかに無事に過ごすかということだけを、考えるようにするより他にはありませんでした。

そしてそのころから、日本にいる兄の仕送りが、途切れはじめました。兄もわたしもかなりの高齢になっていましたし、あとで知った話ですが、景気が悪くなって仕事もうまくいかなくなっていたとのことでした。

それに追い討ちをかけるように、食糧などの配給も途切れがちになり、ついには完全になくなってしまいました。北朝鮮人民の食糧は配給に頼っていた状態でしたから、これがなくなると本当に死活問題です。農家ならまだ自分の食べる分を確保することもできそうですが、凶作が重なってそれすらもままならない、という噂も立っていました。噂はやがて、どこそこで餓死者が出た、と変わりました。

そして、わたしの住む近所で、人が人を食べたという、凄惨な事件までが起こりました。そこまでしなければならないほど、わたしたちには食べるものがなかったのです。

国に決められた仕事をしなくてはいけないのに、食べるものはなく、闇市で手に入れようとしても、日本の兄からの仕送りがなくなり、手元にある服を売ろうにも、中国の商人は来なくなっています。これ以上、どうにもならなくなったわたしは、この国を出るには今しかない、と決心したのです。

冷たい川を渡って

脱北を決心したものの、わたし一人が家族を置いたままで、というわけにはいきません。誰を連れていき、誰に残ってもらうか、考え始めるときりがなく、悩み迷うばかりでした。それでもいろいろ考えた末、北朝鮮に残しても生きていけるかどうか不安が残る、家族のうちでいちばん体が弱い末の息子（三男）を、連れていくことに決めました。

その次は、目の前を流れている国境の川、豆満江をどう無事に渡るかでした。指導者が金正日に代わり、飢餓が広がって脱北者が増えていた時期です。豆満江を渡ろうしたところを国境警備隊に見つかって、射殺されたという話も耳に入っていました。

幸いわたしは、国境警備隊の小隊長と話をすることができ、この人に大金を払うことで、なんとか見逃してもらえることになりました。それに、逮捕された以外の中国の朝鮮族をつうじて、中国に逃れてからの身柄の引き受け先を手配することもできました。

こうして一九九七年四月十七日、亡き金日成の八十五回目の誕生日の二日後に、わたしと三男は、豆満江を渡ることにしたのです。

暦の上では春とはいえ、夜になるとまだ冷たい風が吹く季節でした。豆満江は冬になると凍結し、歩いても渡れるようになります。しかし、脱北を決意したわたしは、次の冬が来るまで待つなどということはできませんでした。もし待っていたとしたら、きっと餓死していたに違いありません。それに、夜の川に張る氷の上を歩いている間に、お金を渡した以外の警備隊員に見つかり、撃ち殺されることだってあるかもしれないのです。それに、お金を渡した小隊長の気が変わるかもしれません。その前に、なんとしてもこの川を渡らなければなりませんでした。

まだ川の水は冷たく、一歩踏み出してつま先を水に浸けただけで、すぐに感覚がなくなってしまいました。急がなければと思う一方で、急に水の中に入ると心臓発作を起こしそうだという予感もありました。それでもわたしたちは不安をおさえ、対岸へと逸《はや》る気持ちをしずめながら、慎重に少しずつ水の中に入っていきました。

薄綿の入った服を着て水に入ったせいか、心配していた心臓発作は起きませんでした。それでも、ついこのあいだまで厚く氷が張っていた川の水は、気が遠くなりそうなほど冷たいものでした。

一歩踏み出すたびに、体は冷たい流れに深く入り込み、一層冷たさが身にしみてきます。しかし、そこで止まって戻るわけにはいきません。ですからわたしは、三男と手を取り合って必死で目の前の中国に向け、歩いていくしかありませんでした。

進んでいくうち川はだんだん深さを増し、体は身を切る冷たさの流れに沈んでいき、ついに脇の下まで水に浸かってしまいました。その瞬間、冷たさと恐怖で本当に心臓が止まってしまいそうになりました。

そうなった瞬間、手をしっかり握っていてくれていた三男が、わたしの脇に手を移して、沈まないように爪先立ちしてくれました。その手の温度と気づかいはとても心強く、わたしたちはなんとか中国側の岸にたどり着くことができました。

川から上がると、今度は水の中のほうが温かく感じられるほどで、寒さが一層こたえました。上がった瞬間に体が勝手にガタガタ震え始め、三男に声をかけようとしても、歯がガチガチ音を立てるほどに震えて、声を出すことができません。急いで用意していた着替えを出し、冷たく濡れた服と替えました。

乾いた服に替えたことで、少しは震えもおさまり、わたしは冷たい三男の手を取って、目の前の土手をのぼっていきました。土手の上は果樹園のようで、低い木々の間を背をかがめながらしばらく歩いて、やっと道路に出ることができました。

そこまで来て、三男がやっと口を開きました。

「父さんがいちばん、かわいそうだね」

三男の最初のひとことが、わたしがいなくてはなにもできない夫――父親を案ずる気持ちのこもった言葉で、とてもありがたいものでした。しかし、そのときのわたしは、脱北できたとはいえ、これからどうしようか、と考えるだけで精一杯だったのです。

川のむこうの北朝鮮

それからわたしたちはまた、北朝鮮の国境警備隊の人から注意されたように、まわりを見回しながら、無言で歩きはじめました。すると、警察らしい車の灯が見えたので、急いで土手のくぼみに身を伏せました。

やがて灯は遠ざかり、それを確かめようとわたしは顔を上げましたが、そのとき豆満江のむこうにある、北朝鮮の村に目がとまりました。そこでやっとわたしには「ああ、ここは北朝鮮ではないのだ。これから自由の身になって日本に向かっているのだ」という実感がこみ上げてきて、その村に住んでいる人たちがかわいそうにも思えたのでした。

その北朝鮮の村がある場所は、実際には真っ暗で、なにも見えませんでした。しかしこちら側の、同じ朝鮮族が住む中国の街には、灯がともっています。わたしたちは、夜になって電気が止まる時間を選んで脱北することにしたのですが、その時間になっても、中国では電気が来ているのです。それに感心しながら、わたしたちはまた歩きはじめました。

中国の田舎道には、砂利が敷かれていました。ですから、いくら静かに歩こうとしても、ザクザクという音が聞こえてしまいます。物音ひとつしないなかで、その音はとても大きなものに感じられ、巡回している警察官に聞かれるのではないかと気になり、何度も身を隠しながら、歩を進めていきました。

そうするうち、足になにかが触れました。なんだろうと気になり、かがんで見てみると、暗闇のなかに真っ白なビニール袋が落ちています。その袋を開けて見てみると、そこには手がつけられていない新しいタバコが、一ケース以上も入っていました。

わたしはそれを見て驚きました。北朝鮮では、中国製のタバコさえあればなんでもできるからです。民間人だけではなく、役人にタバコ一箱を渡すだけで、通行証が必要な汽車にだって乗ることができる、まさに貴重品だったのです。

北朝鮮の感覚に慣れきっていたわたしには、それが道端に、無造作に捨てられていることが信じられませんでした。もしかしたら、他の脱北者が、なにか事情があって落としていったのかもしれない……そんなことを考えながら、わたしはその袋を拾って「運がいいね」と話しかけると、三男は笑って「うん」と応えてくれました。その笑顔に元気づけられて、わたしたちはまた、目的地である朝鮮族の町を目指したのです。

歩いているうちに、だんだん夜が白みはじめました。明るくなり、朝になる前に着かなければ、警察に見つかって北朝鮮に連れ戻されるかもしれない。そう思ってわたしたちは急いでいましたが、明るくなった道端にある家々にも、北朝鮮との違いをまざまざと見てしまいました。

田舎の農家の低い屋根には、収穫した穀物が干してあり、庭木には果物が実っていました。そして、わたしたちの気配を感じたらしい飼い犬が目覚めて吠え、家畜が鳴き声をあげています。そして玄関先には、使い古されているとはいえ、自転車が置きっぱなしになっていたのです。

こんな光景は、北朝鮮ではありえませんでした。あの国でそんなことをしていたら、自転車はもちろん犬も家畜も、すべて盗まれてしまうからです。そんなところからも、中国が北朝鮮よりもはるかに豊かだということが、感じられました。

朝鮮族に匿われて

目指す朝鮮族の町に着いたのは、朝方になってからでした。目印の灯がついている家をみつけると、そこは雑貨屋になっていました。早朝だというのに、すでにお客さんがいて、わたしたちはその人が出ていくのを見送ってから、お店の中に入っていきました。

中には女の人の店番がいて、その人に、

「北朝鮮から来ました。張弟さんを訪ねてきたのですが、家を教えてください」

と、わたしたちを匿《かくま》ってくれるはずの人のことを伝えました。すると、その女の人はなにも言わずに店を閉めて「ついてきなさい」と言い、先に歩きはじめました。

そしてすぐ近くにある家の前で止まり「ここです」と言ってドアを叩くと、三十代くらいの男の人、張弟さんが出てきました。中をのぞくと、髪の長い女の人が、男の子と一緒に寝ていています。わたしが張弟さんに、自分たちは脱北者だと話すと「とにかく上がってください」と親切に応対してくれて、すこしだけ緊張がやわらぎました。

張弟さんは、

「あなたは北朝鮮にいつか帰るつもりですか、それとも、日本に行くつもりですか」

と聞いてきました。

そう聞かれて、わたしは少し答えに詰まりました。そのときわたしは、そこまでたどり着くことだけで精一杯で、まだはっきりとこれからどうするか、決めかねていたからです。せっかく北朝鮮を脱出でき、中国の人と話ができたとはいえ、このまま中国で暮らすのか、それとも日本に帰るのか……。

いずれにせよ、その場でわたしが決断しなければ先に進めません。ですからわたしはそこで覚悟を決め、もう北朝鮮には帰らないこと、日本に行く方法があったら教えてほしいこと、そして日本には兄がいて、金銭的な援助を受けられることを伝えました。

その話を聞いた張弟さんは、

「中国は、お金さえあればなんでもできる国です。わたしが力を貸してあげましょう。そのかわり、こちらにも条件があります。あなたを日本に逃すことは簡単ではありませんが、もし成功したら、私の身内の一人を日本に行けるようにしてくれますか？」

と、わたしに聞いてきました。そんなことができるかどうか、そのときのわたしには全然わかりませんでした。しかし、その人に協力してもらうには「できるように約束します」と答えるしかありませんでした。

電話がかけられない

まずは、日本に残っている兄に電話をしなければ日本に行くどころか、日々の生活もままなりません。兄の電話番号をはっきり覚えていたので、一刻も早く連絡を取りたかったのですが、わたしを匿ってくれている家に電話はありませんでした。また張弟さんは、国際電話のかけかたを知らないから、これから調べると言っていて、なんとももどかしい気持ちでした。

　張弟さんは共産党の下級幹部でしたが、それ以外の仕事はしていませんでした。ですから、家こそレンガ造りのガラス張りで、明るく暖かかったのですが、生活は決して楽ではなく、朝鮮にいたわたしたちとそれほど変わらないほど、困っていたようです。

　これは後で知ったのですが、張弟さんは共産党の幹部という立場でしたから、わたしたちが脱北したいという話を聞いて、ただの人助けではなく、自分の立場を使って脱北者を逃がすルートを作れば、収入につながると考えていたのでした。ただ、わたしたちを匿うまでは、そういうことをした経験はまったくなかったようでしたから、電話のことはもちろん、他に必要なこともひとつひとつ、手探りで進めなければいけない状態だったのです。

　こうして、日本にいる兄に最初の電話をするまでにも、何日もかかりました。そのあいだは警察はもちろん、他の共産党員に見つかってもいけないため、わたしたちは外に出ることを禁じられていました。しかしその家にはトイレがなかったため、そのときだけはどうしても外に出なくてはいけません。

そのため、どうしても他の人の目を気にしなければならなかったのですが、最初に町にある公共のトイレに行ったときは、びっくりしました。一応、個室のようにはなっているのですが、あるはずの場所には扉がなく、壁も腰までの高さで区切られているだけの、とても開放的なものだったからです。ここで顔を覚えられたらと思うと、とても不安でした。

三男とのわかれ

こうして、日本に電話をかける方法がわからず、張弟さんのお世話になるだけの日々が続くうち、この町は北朝鮮に近すぎて危険なため、三男だけでも他に移す必要が出てきました。ちょうどそのころ、朝鮮との国境から離れた、中国最北の黒竜江省に家がある張弟さんのお兄さん――張兄さんが、奥さんの病気の治療で張弟さんの住む町から近い、別の町に引っ越してきていたので、相談してみようということになりました。

話が決まると、張弟さんはわたしと三男を車に乗せ、出発しました。運転しながら張弟さんは、音楽をかけはじめました。その音楽というのは、韓国の歌謡曲でしたが、どの曲もわたしたち親子には、北朝鮮で聴いていたなじみ深いもので、不思議と心が落ち着きました。

そうなってから、やっと窓の外の景色を見る余裕ができました。夕暮れの町の、灯の下には市場があって、そこにはいろどり豊かな果物や野菜が、たくさん並べられていました。それを見ていると、何十年も前に後にした日本の町並みを思い出し、帰郷への思いが一層強くなってしまいました。

やがて、わたしたちを乗せた張弟さんの車は、張兄さん夫婦のいる家の前に着きました。張兄さんは四十歳くらいの、張弟さんと瓜二つでしたが痩せ型で、メガネをかけた優しそうな人でした。わたしは張兄さんに、「息子のことをよろしくお願いします」と挨拶をし、その後の話し合いで、先に三男を張弟さんのお姉さんが住む黒竜江省に送り、わたしは当分張兄さん夫婦と一緒に暮らすことに決まりました。それが決まると、張弟さんだけが村に戻っていきました。

その翌朝、三男は一人で旅立ちました。別れ際、見送るわたしの気持ちを察したのか、三男はわたしに笑いかけてくれました。そのときの三男の顔が、いまでも思い出されます。

こうして、わたしは張兄さん夫婦と一緒に暮らすことになりました。

やっとつながった電話

張兄さん夫婦と一緒に暮らしはじめてすぐに、張兄さんも仕事をしていないことがわかりました。でも、張兄さんも奥さんも優しい人で、わたしにとても気を使ってくれるので、よけいにそのことが負担でもありました。

そんな状態でしたから、早く日本に電話をしなければという思いは、日一日と強くなっていったのです。

そして何日か経ったある日、張弟さんがわたしを迎えにきました。やっと日本に電話するための番号がわかったというのです。こうしてわたしと張弟さんは、国境の町に戻ったのですが、電話がない張弟さんの家ではなく、共産党の事務所に向かいました。そのときの張弟さんは、少し緊張しているように見えました。

いくら改革開放が進んでいたとはいえ、勝手に国際電話をすることは、違反になるはずです。そのせいか、張弟さんは他の人が事務所にいないことを何度も確認してから、電話機のダイヤルを廻しはじめ、受話器をわたしに手渡しました。

わたしの胸は、期待で高鳴っていました。兄とは最後に別れてから何十年も経ち、脱北してからもう一ヶ月が経とうとしていたからです。受話器を耳にあて、呼び出し音を聞くあいだの時間は、日本を離れてからそのときまでと同じくらい、長く感じられました。

「もしもし」

あのかすれた、特徴のある兄の声が、受話器から聞こえてきた瞬間は、泣き出しそうなほどにうれしく、なにも話せなくなってしまいました。そんな無言の電話に、しびれを切らしたのか、兄は、

「おまえ誰か」

と、問い詰めるような口調でたたみかけてきました。そこでやっとわたしは、

「わたしです。葉津子です」

と、応えることができたのです。

そこで兄は、すべてを察してくれました。そして余計なことを言わず、必要なことだけ

を聞いてきました。

「おまえ、いまどこにおるんか?」

「中国だよ」

「北朝鮮に帰るのか、帰らんのか?」

「帰らないよ」

「わかった。ほな、金がいるやろ」

「うん、お金があれば日本に帰れるって。いま、わたしのそばにいる人がなんとかしてくれそうだよ」

「わかった。その人、朝鮮語できるんか?」

「朝鮮族の人だから、大丈夫だよ」

「じゃあ、その人に代わってくれ」

兄とのやりとりはそれだけで終わり、わたしは張弟さんに受話器を渡しました。

兄は張弟さんに、妹のことをよろしく頼む、お金を送るから、なんとか日本に帰れるようにしてくれと頼み、こちらの住所と銀行口座を控えてくれました。

こうして兄との手短かな通話は終わり、わたしの心はやっと、本当に落ち着くことができ、日本に帰れるんだという実感が湧いてきたのでした。

安心と不安の日々

こうして、いちばんの不安は解消されたのですが、そうなると今度は、北朝鮮に残してきた家族のことが、気になってしまって仕方ありませんでした。また。兄からの送金が本当に届くのどうかは、受け取ってみないことにはわかりません。それに、援助を待っているだけで、張兄さん夫婦のお世話になりつづけることに対しても、なんだか申し訳ないという思いもありました。

そこで、北朝鮮にいたころに知り合った、別の朝鮮族の人の電話番号を思い出し、なにかお手伝いできることはないかと、張兄さんが留守のあいだに、お宅の電話を借りて連絡を取りました。その人は、わたしが脱北して近所に来ていることに驚いていましたが、お互い久しぶりに声を聞け、無事であることがわかって喜んでくれました。

そのときの通話はそれで終わり、わたしは帰宅した張兄さんに、そのことを伝えました。わたしの兄と連絡が取れたことは、張兄さんも知っていましたから、それに加えて、わたしにもなにかできることがあるかもしれない、ということを伝えたかったのです。しかし張兄さんは、わたしが断りなしに電話を使ったことが気に障ったのかどうか、急に機嫌がわるくなってしまい、わたしの気詰まりは、より一層強くなりました。

気晴らしに散歩でもと思い、人目のすくない時間を見計らって外に出ました。ちょうど田植えの季節になっていて、村の田んぼでは農家が総出で苗を植えていました。それを見ながら歩くうち、わたしは豆満江の近くにまで来ていました。

国境の川の向こうから、歌声が聞こえてきました。あたたかな春の陽気に、明るく響く歌声。しかしそれは、北朝鮮の学生たちが国の命令で動員されて、田植えをしながら歌っている、いや、歌わされている声でした。

北朝鮮では、春になるたびに繰り返される光景です。田植えの動員も、田植えをしながら生産を賛美する歌を歌わされることも、学校に通う子どもたちが、国に強制されているのです。そしてその子たちが、自分が植えて収穫されるお米を自分で口にすることは、できません。それに対してわたしは、川ひとつを隔てた中国にいて、仕事をすることもなく、白いお米をいただいているのです。

そのときの気持ちは、ひとことで言い表すことができません。歌っている子どもたちがかわいそうで切なく、また申し訳なくもあり、その子たちがその日食べるものがちゃんとあるのかと思うと、さらに心配にもなってしまいました。

それからわたしが、あの川に近づくことはありませんでした。

ささやかな生活の変化

それから何日かして、兄からのお金が、指定した口座に送られてきました。初めてのことだったので、本当に無事に届くのかどうかを確かめるために、少額の送金でした。それでも、当時の中国では相当な金額で、張兄さんも安心してくれたようでした。

これでやっと、お世話になっている張兄さんにご恩を返すことができます。わたしは、そのお金で食べ物と娘さんのおやつを買って、張兄さんの奥さんに渡しました。こうして、張兄さん夫婦とわたしとの気詰まりな関係が少しは改善されたような日が、何日か続きました。

そんなある日、わたしが電話をかけた相手——曹さんが突然、張兄さんの家に来てくれました。久しぶりの再会でしたから、うれしくないわけがありません。二人で無事を喜び、しばらく話し込んでいたのですが、やがて張兄さんが、心配顔でこちらの様子をうかがっていることに気づきました。

最初は「わたしが喜んでいるのが、どうして心配なんだろう」と疑問だったのですが、どうやらわたしが他の家の人と仲良くなることで、兄の送金がそちらの家に入るようになることを、心配していたようです。

ですがわたしは張兄さんと、その弟で共産党の地方幹部である張弟さんの助けがなければ、日本に帰ることはできません。そのことはじゅうぶんわかっていたので、曹さんから家に来るように誘われたときも、張兄さんにそれをどう伝えようかと悩みました。けれども結局、それを伝えられないままに、うながされて曹さんの家に行ったのです。

曹さんの家は、張兄さんの家から歩いて十分くらいのところにあり、途中にある市場などを見て、おしゃべりしながら歩いていきました。そうしているうち、心配ごとがたくさんある張兄さんの家から、一時的にせよ離れられたせいでしょうか、わたしの心はだんだんと軽くなっていきました。

北朝鮮にいるときから顔なじみだったせいか、曹さんのご主人も、わたしを歓迎してくれました。そしてなにより嬉しかったのは、たっぷりのお湯を沸かしてもらい、体を洗えたことでした。実は、脱北してからそれまで、満足に体を洗うことができなかったのです。張弟さんや張兄さんの家で、皆が留守のときに行水のようにしてはいたのですが、こうしてちゃんと体を洗えたことは、なによりのご馳走でした。

そのおかげで、さっぱりした気持ちで夕飯をいただくことができ、その夜は曹さんの家に泊めていただくことになって、早めに床につきました。

脱北して初めてリラックスできた夜だったので、すぐに眠りについたのですが、突然「オモニ！」という声にハッとなり、わたしは飛び起きて、あたりを見回しました。

しかしそこは、先ほど眠りについた曹さんの家です。暗闇の中でしばらく呆然としていましたが、ここは中国で、一緒に脱北した三男は黒竜江省に旅立ち、他の家族はまだ北朝鮮にいるはずです。そのことに思い当たり、やっとそれが夢だと気づいて、ふたたび床につきました。

夢の中でわたしを呼んだのが誰か、いくら思い出そうとしても思い出せません。そのせいで、北朝鮮に残した家族のことがまた心配になり、気にしているあいだに夜が白みはじめていました。

翌日、張兄さんから電話がかかってくるまで、わたしは曹さん夫婦といろいろな話をしました。

北朝鮮にいたころから、曹さんには息子さんがいらして、韓国に行っているという話は聞いていました。そしてその日、もしわたしが無事に日本に帰ることができたら、なんとかその息子さんを日本に呼ぶことはできないか、という話になりました。

そのときのわたしは、やっと兄と連絡が取れ、最初の送金を受け取ったばかりでしたから、一安心していたとはいえ、本当に日本に帰れるかどうかはわかりませんでした。ですから、どうにも答えようがありません。それに加えて曹さん夫婦は、兄からの送金は自分たちが受け取った方が安全だ、自分たちはお金に目がくらむような人間ではない、といったことまで言いはじめました。

曹さん夫婦の、それまでの親切がとてもありがたかっただけに、その申し出にわたしはとても困ってしまいました。兄と連絡が取れるようになったのは張弟さん、わたしを匿ってくれているのは張兄さんなのですから、その人たちを裏切るようなことはできません。それでも曹さんたちの親切もまた、無視することもできません。ですから、わたしは曹さんに「よく考えてみます」と答え、住所と銀行口座を教えてもらって、張兄さんの家に戻りました。

次の仕送りが来たとき、わたしはそのことを兄に相談しました。兄には「中国では日本のお金は使いでがあるのだろう。仕送りを受けていることを知れば、皆が欲しがるだろうから、よく様子を見て、誰に預けるのがいちばん安全なのかを決めるようにしなさい」と言われ、そのときの気持ちだけで、自分の大事なことを決めてはいけないと、心を引きしめました。

そうして、わたしが曹さんの家で新たな決意をしているあいだに、張さん兄弟の間では、わたしについて新たな話し合いが進んでいました。

第三章　長女の家で待っていたもの

国境の村を離れて

わたしが脱北してから、すでに三ヶ月が過ぎていました。なんとか日本にいる兄と連絡が取れ、日本に帰る費用のメドが立ったとはいえ、国境の町で張さん兄弟が、わたしを匿い続けるにも限界があります。

そのころになると、わたしたちに限らず脱北してくる人が増え、中国の警察は警戒を強めていました。いくら共産党の幹部とはいえ、脱北者を匿うと罰せられますから、それが心配のようでした。それに加え、兄から送られる日本のお金を曹さん夫婦に取られるのでは、と疑ってもいたようです。

そのため、わたしが張兄さんの家を不在にしているうちに、早くこの町以外の、信用できる人にあずけるための話し合いが、張さん兄弟のあいだであったようです。曹さんの家から戻ると、わたしは吉林省《きつりん》の朝鮮族自治区の大都市、延吉《えんきつ》の近くに移されることになりました。そこには、張兄さんの奥さんの親戚が住んでいるということでした。

その町は、朝鮮族が多く住む静かなところでした。張兄さんの親戚の夫婦は若く、親御さんが裕福なせいか、ご主人は働いていませんでしたが、生活には不自由していないようでした。

それでも、奥さんは仕事に出たかったそうです。しかしお子さんがまだ小さかったので、わたしが行けば子守をしてもらえると考えたようです。そしてそのあいだに、張弟さんは遅れているわたしの身分証明書——これがなければ、わたしが日本に帰るためのパスポートが申請できません——を作る手配をしてくれる、ということでした。

新しい場所での生活は、気を使わずに外出することができて、国境の町にくらべてはるかに楽なものでした。それに食べ物にも不自由がなく、仕事に出るようになった奥さんが、帰りにわたしの好きな果物をたくさん買ってきてくれたのです。

そんな暮らしが続くうち、わたしの身分証明書ができた、と言って張兄さんが持ってきてくれました。「もちろん息子のぶんもありますよね」というわたしの問いに答えず、張兄さんは無言で身分証明書を差し出します。

それは、一目で偽物とわかるものでした。こんなものでパスポートを申請しようとすれば、すぐに逮捕されるのはあきらかです。張兄さんもそれはわかっていて、わたしの反応を見てすぐに引っ込め、今度はちゃんとした証明書を、三男のぶんと一緒に作ってくれると約束してくれました。

でも偽物の証明書は、実はついでのことだったようで、張兄さんはわたしに、大きな報せをもたらしてくれたのでした。

北朝鮮に残した家族の変化

わたしの生活がすこしだけ楽になったのとは裏腹に、その年の北朝鮮の飢餓は、春から夏にかけてさらにひどくなっていました。梅雨の長雨が続き、各地で川が氾濫して多くの人が死んだという話を聞きました。

また脱北者も増え、豆満江を渡りきれずに溺れて死んだ人の遺体が毎日のように発見されたともいい、女性の死体には首がなかったとか、脱北者が捕まると家畜のように鉤爪で鼻輪を開けられ、つながれて北朝鮮に送り返されるという、怪談のような噂まで広がっていました。

そういった話は、中国の人たちの好奇心を強くそそったようです。わたしが脱北者だと知ると「北朝鮮ではなにが起きているのか」とか「餓死している人がいるという話は本当か」と、口々に聞いてきました。しかしわたしは、それにはなるべく答えないようにしていました。北朝鮮にいたころは、そういった国を批判するようなことは絶対に言ってはならず、それが習慣になっていたからです。

それに対して、中国に住む朝鮮族の人たちは、金日成はもちろん、毛沢東の悪口だって平気で言うのです。わたしは最初、それに驚いてばかりいましたが、聞きなれてくるうち、自由ってこういうことをいうのかな、と思い始めていました。

そんな噂ばかりが耳に入るなか、張兄さんから大きな報せが二つ、入ってきたのです。

ひとつは、北朝鮮に残してきた次男が川の氾濫に巻き込まれ、命を落としてしまったというのです。氾濫で犠牲者が出ていることは、噂には聞いていましたが、まさかわたしの息子まで……。体が丈夫な子ですから、自分一人でもなんとかやっていけるだろうと思って、残してきたのですが……。

街で次男が好きだった月餅を買って、その前でわたしは、思いきり泣きました。声が出なくなるまで、思いきり泣きました。そして泣き疲れはじめながら、もうひとつの報せを思い出していました。

長女が孫を連れて脱北し、張弟さんの家に身を寄せているというのです。それを聞いてわたしは、死んでしまった子どものために、いつまでも泣いてばかりいるわけにはいかない、生きている子どもを大事にしなければいけないと、自分に言い聞かせ、早く長女と孫に、顔を見せに行かなければならないと心を決めました。

それでも、どうしても次男の死が割り切れるものではありません。そこで思い切ってわたしは、延吉で評判の高い占い師に見てもらうことにしました。多くの人が並んだ列がすこしずつ進むなか、わたしはなにをどう話したらよいのか、考えあぐねていました。

自分の番になっても、わたしはどう言ったらいいのかわからず、占い師を前にパニックになりそうになっていました。しかし占い師の目を見たとき、堰を切ったように言葉が、勝手に出はじめました。

「一つだけ調べてください。息子がいなくなったのですが、この子が死んだのか生きているのか、それだけ正直に聞かせてください」

するとお占い師は小さく微笑み、次男の生年月日を聞いて「手を出してごらんなさい」と言いました。言われたとおりにすると、占い師はわたしの小指の下を見て「生きていますよ」と、一言だけ言いました。

その瞬間、勝手に涙があふれて止まらなくなりました。この占い師が気休めを言ってくれていることは、わかっていました。それでも、涙を止めることができないのです。

そして、死んだ次男のことで泣くのはここまでにしよう。これからは生きている長男と長女、一緒に逃げた三男、そして孫のためにできる限りのことをしようと、心に誓いました。

脱北した長女をさがして

張弟さんに話を聞くと、長女はすぐに結婚相手がみつかり、黒竜江省に嫁いでいるということでした。脱北してすぐに結婚、しかもコブ付きなのに……。わたしは、あまりの急な話に、おどろくしかありませんでした。ですが、黒竜江省には三男も住んでいます。わたしは、とにかく長女と孫、そして三男に会いにいかねばと心を決めました。

それにしても、なぜそんなに早く結婚が決まったのかが腑に落ちませんでした。張弟さんに聞いても、はっきりした答えは返ってきません。長女と孫に会える期待と、釈然としない思いが混じったままで、わたしは教えられた家を訪ねました。

長女が嫁いだという農村にある家を見て、最初わたしは声を出せませんでした。あまりに小さく粗末な藁ぶき屋根の、家というよりも小屋と言ったほうがよさそうだったからです。呆然としてしまって、しばらく家の前で立ち尽くしていると、裏から長女と孫が出てきました。

先にわたしに気がついたのは孫でした。わたしの顔を見るなり「おばあちゃん！」と、それはうれしそうに駆け寄ってきたのです。わたしは、本当に孫に会えたうれしさで涙が止まらなくなり、孫を夢中で抱え上げ、力いっぱい抱きしめていました。北朝鮮にいたときよりも元気そうで、また重くなっていたのを今でもよく覚えています。

孫に夢中になりながらも、わたしは長女に目を向けました。長女は呆然としたような、信じられないといった表情で、わたしと孫を見て立っていました。そして目が合うと、長女もまたわたしに駆け寄ってきたのです。

わたしも長女も、お互いどう声をかけたらよいものかわからず、しばらく無言で見つめ合うだけでした。そうしているうちに、長女の目にも涙が浮かび、なにか言う前にどんどん頬をつたって流れてきます。

「お母さん、無事でよかったね。とにかく上がって、休んでいって」

涙を拭いた長女は、やっとそれだけ言うと、孫を抱いたままのわたしを家の中に招き入れました。

長女の家は、小さくて粗末とはいえ中はきちんと整理されていて、質素だけど堅実な暮らしぶりだとわかりました。紹介された夫は、米作りをする仕事熱心でまじめな人でした。収入はそれほどではありませんが、農家ですからお米や食べ物に不自由することはなく、北朝鮮で結婚していた前の夫とは比べものになりません。

聞けば、やはりわたしが脱北してから、北朝鮮の災害と飢餓は一気にひどくなっていたのだといいます。それに耐えかねて脱北した長女は、張弟さんの家に匿われてすぐに、農家の嫁にならないか、と誘われたということでした。わたしと違って中国での後ろ盾がなく、送金してくれる人もいなかった長女は、とにかく早く安定した暮らしをと考え、その話に飛びついたのだそうです。

その当時、改革開放が進んでいた中国では、若者がどんどん都会に出ていって、農家の人手不足が深刻になっていたと聞きました。まして国境の近くの、豊かとはいえない朝鮮族の男性は、相手に恵まれる機会はほとんどなかったといいます。ですから、国境を越えて逃げてくる北朝鮮の女性は、そういった人たちにとっては貴重な結婚相手になっていたのでした。

農家にとって、女性は必要な働き手でもあります。そういった縁を取り持つことで、張弟さんのような立場の人は、謝礼を受けているようでした。どうやら張弟さんが、はっきりと答えてくれなかった理由は、こういうところにあったようです。

長女とわたしの話は尽きませんでした。それに、北朝鮮にいたころからわたしに懐いていた孫が、片時もわたしから離れません。しかし限られた時間はあっというまに過ぎ去ってしまいました。
「おばあちゃん、行っちゃやだ」と言い、力いっぱい泣きながらわたしにすがり付く孫を、長女と二人でなだめ、わたしは一緒に脱北した三男に会いにいきました。

三男との新しい生活

わたしと一緒に脱北した三男は、同じ黒竜江省でも牡丹江《ぼたんこう》市の近くにある小さな町に住んでいました。本当に田舎といった感じの農村でしたが、住みやすそうなところです。半年ぶりに会う三男は、日に焼けて前よりもたくましい体つきになっていました。それでもどこか疲れている様子で、話を聞くと仕事がかなりきつく、なかなか休みも取れない、と言っていました。

そんな三男を見るに見かね、わたしは観光にと言って北京旅行に連れ出しました。市内をひととおり見て回り、天安門広場で写真を撮ったりして楽しく過ごしながら、わたしは張弟さんに、三男と暮らせる場所のことで相談しようと思い立ちました。

黒竜江省に帰ったわたしたちは、張弟さんの親戚が住む牡丹江の近くに家を借りました。そこに張弟さんの親戚と三人で住み、わたしたちが生活に慣れたら張弟さんの親戚は元の家に戻る、ということになったのです。

しかし、この新しい生活も、すぐにほころびが出はじめました。この張弟さんの親戚が、兄からの仕送りを勝手に管理するようになったのです。

わたしたちには身分証明書がないため、自分たちで預金口座を持つことができず、また中国語もうまく話せません。それに兄からは、日本に帰れるとはっきりわかるまでは、お世話をしてくれる人たちとは波風を立たせないように言われていましたので、言いたいことがあっても、なんとかこらえていました。

それでもある日、ちょっとしたことで口論になってしまい、張弟さんの親戚は手元に残っていたお金をわたしに渡すと、そのまま家を出ていってしまいました。そのときのわたしには後悔は残りましたが、とにかく兄からの送金はまた自分で管理できるようになり、三男と水入らずの生活が始まりました。

それから何日かが過ぎ、三男が薬を取りに延吉に行くと言うので、張兄さんの家に寄って、兄からの送金を受け取ってくれるように頼みました。そうして三男が張兄さんの家に行ってみると、意外な人が三男を待っていました。

北朝鮮にいたとき、三男と婚約していた女性が、三男の迎えを待っていたのです。張弟さんからも張兄さんからも、その話は全然聞いていなかったので、三男はとても驚いたそうです。

三男と共に暮らしていた黒竜江省の海林市にて

三男はもちろん婚約者、というより嫁を連れて帰り、今度は三男夫婦との三人暮らしが始まりました。そして、その嫁から、わたしは次男が命を落としていることを、はっきりと聞かされたのです。

嫁は、川岸に上がった次男の遺体を、はっきり見たと言いました。覚悟はしていましたし、嫁も見たものの責任として、そのことを伝えなければと思っていたのでしょう。それでも、はっきりと次男の死を伝える嫁を、そのときのわたしは恨めしく思ったものです。

やっとできた身分証明書

次男の死が確実なことになって、わたしの心は乱れました。まだ生きている子ども二人と会えるまではと思って、張り詰めていた心が急にぷっつりと切れてしまい、悲しみとむなしさが押し寄せてきて、どうすることもできなくなってしまったのです。

それから半年ほど、わたしは飲み慣れないお酒におぼれたり、それまで吸ったことのなかったタバコに手を出したりして、無為な時間をすごしてしまいました。それでも、心に空いてしまった穴を埋めることは、できなかったのです。

そんなことが続くうち、一九九八年の秋になってしまいました。

張兄さんから連絡があり、張弟さんがやっとわたしたちの、本物の身分証明書を作ることができたと言います。脱北して一年半。その間にいろいろなことがあり、兄からの仕送りがあったとはいえ、あまりに長く、また出費がかさんでいました。

証明書ができたのをきっかけに、わたしたち三人はふたたび延吉に引っ越すことにしました。それまで住んでいた牡丹江には、朝鮮族が少なく、日常生活に不便を感じていたからです。

延吉で張兄さんに会い、受け取った証明書は、今度こそ本物のようでした。念のため、張兄さんと公安局に行き、問題なく確認できたときは心の底からほっとしたものです。それと同時に、それだけ確認するとなにも言わず、そのまま帰っていった張兄さんの態度に、不審なものも感じていました。

どうやら張さん兄弟は、わたしを匿って以来増え続ける脱北者を相手にした商売を、本格的に始めていたようです。長女が脱北してすぐ結婚が決まったのも、なんの前触れもなく三男の婚約者が張弟さんの家にいたのも、そのせいだったのでしょう。

あとで聞いた話によると、張弟さんたちはその後、脱北した女性を長女のように、お金を取って結婚相手を世話するだけではなく、人身売買にまで手を染めていたといいます。また、わたしのように仕送りを受けられる者には、そのお金をひとり占めしようとしたり、平気でニセの身分証を売りつけたりしている、という話も聞きました。

あの当時は、中国がどんどん裕福になっていた時代でした。でもそれは、上海《シャンハイ》や深圳《しんせん》といった優遇された都会の話で、朝鮮族が住む北の国境近くは、発展にもお金にも縁遠いところでした。ですから、脱北者は〝お金のなる木〟だったのでしょう。そして、そういう商売に手を出すことで、もとは普通にいい人だった朝鮮族の人たちは、どんどんおかしくなっていったのかもしれません。

仕事をしていなかった張さん兄弟が生活できていたのは、共産党の幹部としての収入の他に、いろいろ使えるお金があったからだという話もありました。そして脱北者が増えてから、生活はどんどん派手になっていたともいいます。党幹部の会議があると言って大きな街まで出て、お酒を飲み、サウナに入って女性と遊んでいるという話も耳に入りました。

張兄さんが素っ気なく立ち去ったのには、わたしたちを踏み台にして豊かになっていく、自分たちへの後ろめたさがあったからなのかもしれません。この人たちも、最初はいい人だったのに、やっぱり北朝鮮と同じ、わたしたち人民が必死に稼いだお金を使って、楽に暮らしている特権層だったんだな……。急ぎ足で離れていく、張兄さんの後ろ姿を見送りながら、わたしはそんなことを考えていました。

長女の家での異変

本物の身分証ができたころには、もう一九九八年が終わろうとしていました。そして日本に帰る算段をする間もなく年が明け、わたしたち三人は、気晴らしに長女が住んでいる村に行くことにしました。

再会できたときはあまり時間がなく、じっくり見て回ることができませんでしたが、その農村はおもに朝鮮族が住む、小さく貧しいところでした。しかも、長女のような事情で、北朝鮮から逃げてきた女性が結婚して何人も住んでいたのです。ですが、住んでいる人たちはとても優しく、お互いをかばいあいながら、ひっそりと穏やかに暮らしているようでした。

そのせいか、遊んでいる子どもたちが、しょっちゅうお互いの家を行ったり来たりしています。長女の家にも、孫のお友だちが出入りを繰り返し、旧正月とはいえ農作業をかかえた長女は、仕事と子どもたちの世話で、とても忙しそうにしています。

わたしにはそれほど農作業の経験がなく、手伝えることもありません。長居をしていては長女に申し訳ないので、三男と「一泊したら延吉に帰ろう」と相談していました。

その夜、長女の家の向かいで飼っている犬が、異常に興奮して吠えているので目が覚めました。そしてすぐに、ノックもなしに家の扉が騒々しく開けられ、男たちが荒々しい靴音を立てて入ってきました。

「北朝鮮から来た者は出てこい！」

その声を聞いた瞬間「とうとう来るときが来たか」と思いました。自分のことはもちろん、一緒に脱北した三男のこと、この家で新しい人生を始めたばかりの長女のこと、日本でわたしたちの身を案じている兄のこと……脱北して以来、いえ、北朝鮮に着いて以来のことがすべて、一瞬に頭をよぎりました。

ですが、少なくとも孫だけでも助けなければなりません。入ってきた男たちのひとりが、孫を指差して「この子は誰か？」と聞いたとき、わたしはすぐに「この家のご主人の子です」と答えました。そしてこれ以上、孫のことを聞かれていけないと思い、わたしは長女と三男、それに嫁を追い立てるようにして外に出ました。

外にはマイクロバスが一台止まっていて、十人近い男たちがいました。バスは、わたしたちを乗せると走り出したのですが、いつまでたっても止まりません。初めは、近くの町の警察に連れていかれるのかと思っていたのですが、だんだんとそれは違うのだと気がつきました。かといって、わたしたちを捕まえた男たちに、なにかを聞くこともはばかられる雰囲気でした。

車は走り続け、やがて夜が明けてきました。外を見てみると、川沿いを走っています。いやな予感がしました。まさかそんなことが……と思っているうち、車はわたしたちが凍えながら渡ってきた川岸で止まりました。万事終わりだ、そう思いました。

車を降ろされたわたしたちは、真冬で氷が張った豆満江を歩いて、北朝鮮に行くように命令されました。従うより他になく、歩いていくと、待っていたのは金日成バッジを胸につけ、偉そうにしている北朝鮮の保衛部員たちでした。

そこでようやく、わたしたちは中国の公安当局に捕まったのではなく、北朝鮮保衛部に拉致されたのだとわかったのです。脱北者が増えていた当時、保衛部は中国の公安に通告することなく、朝鮮族の密告者を使って中国内で脱北者を独自に拘束、拉致していたのでした。

北朝鮮に拉致されたわたしたちは、国境近くの工場にある保衛部事務所の一室に連行され、わたしと三男の嫁は同じ部屋に入れられました。

その日の夜は、脱北した夜以上につらいもので、まさに地獄としか言えませんでした。着の身着のままで捕まったので、防寒着を着ていなかったうえに、部屋をあたためるものが一切ありません。ですから、寒さが身にしみるというより体が凍りつきそうで、自然に体が震え、止めることができなかったのです。見かねた嫁が、着ていた上着をかけてくれたのですが、それでも震えはおさまりません。

その様子を見た当直の人が、薄い布団を一枚、投げ入れてくれました。わたしたちは、それにくるまって、身を寄せ合ってなんとか寒さをしのぐことができました。それでやっと震えがおさまると、わたしと嫁は、溶けるようにして眠りにつきました。

第四章　脱北者拘置所での日々

収容者同士の理不尽な掟

「いい加減、起きたらどうだ」という声で、わたしと嫁は無理やり起こされ、すぐに廊下に引き出されました。こうして、北朝鮮に送還されて最初の朝が始まりました。

暖房などなく、凍てつく廊下にはわたしたち以外にも、中国から引き戻されたと思われる人たちが並べられ、その中には昨夜一緒に捕まった三男もいました。看守の命令で建物を移ることになり、わたしたちは順番に廊下を歩かされたのですが、三男はわたしの前をとおり過ぎるとき、耳元で「寒かったでしょう」と一言、声をかけていきました。なにも望みがない中で、三男がわたしを気づかってくれていることがわかり、少しだけ希望が持てました。

外に連れ出され、車に乗る前にまわりをちらと見て、そこはやはり一度、取り調べで来たことがある保衛部だとわかりました。なにも知らされてはいませんでしたが、やはりわたしたちは中国で北朝鮮の保衛部に捕まり、拉致されていたことが、これではっきりしたのです。

わたしには、以前から脱北の疑いがかけられていましたから、これからどうなるのかと不安でした。しかしその一方で、肝が据わったというか、不思議に落ち着いた気分にもなりました。

車を降ろされ、連れていかれた建物の、やはり冷たい廊下でしばらく待たされてから、わたしと嫁は半地下にある牢獄へと連れていかれました。目の前の扉が開かれると鉄格子が見え、その薄暗い向こう側には人というより獣のような、痩せ細った姿が見えます。しかも、異様な臭いが鼻を突きました。

半地下の牢屋は二部屋あり、わたしと嫁は別々の部屋に入れられました。自分なりに気を強く持っていたつもりでしたが、牢に入るときには、足の震えを止めることができませんでした。中には男性が三人、女性が一人いて、近くで見るとごくふつうの人で、少しほっとしたものです。

その中の、いちばん偉そうにしている人が、

「ばあさんジェポかい？」

と、いきなり聞いてきました。在胞《ジェポ》とは〝在日同胞《チェイルギョポ》〟を略した朝鮮語で、わたしの朝鮮語に日本語の訛りが残っているので、すぐに見抜かれるのには慣れていました。「はい」と答えると、矢継ぎ早に質問してきました。

「一人か？」

「いいえ、娘と息子、それに息子の嫁が一緒でした」

「そうか、なら他の二人は安全部に連れていかれたんだな。あそこに行ったらひどい目に合わされるんだ」

　その言葉に不安になりましたが、どう答えたらよいのかわかりません。そのまま黙っていると、男はさらに畳みかけてきました。

「ここに入ったら掟がある。一つは、中国から直接入ってきた人は五日間、飯を先に入った人に譲ること。二つめは、便所の横が新しく入ってきた者の場所であること。この二つを守ってほしい。これを聞かないと、ひどい目に遭うことを心がけてくれ」

「わかりました。ところでその、お便所はどこですか？」

「それだよ」

そう言ってその人は、牢屋の片隅にあるおおきなバケツを指さしました。男性も女性もその中に用を足せといい、それが牢屋に漂う異臭の元でもありました。

その男の人の横柄な態度や、トイレの不潔さは、気になるといえば気になりました。しかしそれよりも、安全部に連れていかれたらしい長女と三男、隣の牢屋に入れられた嫁のことが心配で、身悶えするほどでした。

取り調べと牢屋の「掟」

牢の掟どおり、食事を口にできないまま二日が経った翌朝、わたしは看守に呼ばれ、牢の外に出されました。その看守は、牢屋のある建物からわたしを連れ出し、防寒着もないままに冷たい砂利道を歩かせるている間、一言も話しません。その背中を見ながらわたしは、これから受ける取り調べの過酷さを思い、覚悟を決めました。

連行された部屋には、背が低めで小太りの、眉の濃い男性の取調官が座っていました。冷えきった牢屋と違い、ストーブのせいで部屋の中はあたたかく、また異臭もなかったことで、緊張していながらも人心地ついたことを覚えています。

取調官は、手元の書類とわたしの顔を何度か見比べてから、口を開きました。

「今日からあなたの話を聞くことになりました。お互い嘘や隠しごとをせず、話し合いましょう。実はあなたを捜すために、わたしたちは多くの人手とお金を使っています。それだけあなたは、保衛部にとって重要な人物なんでしょうね。まずは中国に脱走した動機と、そのあらましを書いてもらいましょうか」

そう言って取調官はわたしに、紙とボールペンを渡しました。とはいってもそのとき、わたしの頭の中は一緒に拉致された三男と嫁、それに中国の村の家を北朝鮮人に荒らされたうえ、一緒に捕まった長女のことでいっぱいで、なにをどう書いたのか、覚えていません。

それでも、書き終えた自白書に目を通した取調官は「今日はこれくらいにしましょう」と言い、わたしは牢に戻されました。

牢にいた人たちは、わたしが戻ると一斉に「担当は誰だった?」と聞いてきました。取

調官の名前を聞かされていなかったわたしが、どういう人だったかを説明すると、いちばん偉そうにしていた人が、

「ああ、ばあさん運がいいね。それ、いちばんいい人だよ。悪い担当者にあたると、死ぬ目に遭わされるからね」

と言ってくれて、少しだけほっとしました。

午後には二度目の取り調べがありました。担当者は午前中とは別の若い人でしたが、気さくな感じで冗談をまじえながら、わたしのペンが進むようにしてくれました。そのおかげでわたしはリラックスでき、自白書を書き終えて雑談をしていたときに、気になっていたことを聞いてみました。

「ひとつ気になっていることがあるんですが、聞いていいですか？」

「どうぞどうぞ、答えられる範囲でお答えしますよ」

「ここの牢に入ったら、守らなければならない掟があるんですか？」

「規則はありますけど……掟、ですか？」

「聞いた話なんですが、中国から連れてこられた人は、五日間は食事を先に入っている人

にゆずらないといけないと、聞いたのですが」

そのわたしの言葉を聞いて、取調官は目を丸くしました。

「そんな規則なんてないよ！　誰が言ったんですか！」

「それは……同じ牢にいる人ですから、はっきりとは言えません。ですけど、わたしは中国で捕まって今日で四日目になりますけど、一度も食べていないんです。だから他の人よりも寒く感じているのかもしれません……」

このやりとりのあと、取調官は看守と一緒に、わたしが牢に戻るのに付き添いました。そして牢の前で、

「このばあさんの飯を取って食ってる奴は出てこい！」

と一喝したのです。もちろん誰も名乗り出ず、その日の夕食で、やっとわたしは北朝鮮に拉致されて初めての食事ができたのです。とはいっても、おこげに水を含ませてやわらかくしたものに、白菜の塩漬けが乗っているだけでした。

それでも空腹だったわたしにはありがたく、看守に見守られながら食べ始めました。それを見定めて、看守は役目を終えたと思ったのでしょう、すぐに立ち去りました。でも、

看守が立ち去ったのを見定めると、すぐに同じ牢の人たちが「ばあさん、すこし分けてくれ」と物欲しそうな目つきで寄ってきました。

もちろん、ちょっとで済むとは思えなかったので、わたしはその中の一人に、すこしだけ手をつけた食事の皿を渡しました。そうすると他の人たちもそれに群がって、ガツガツと夢中で食べ始めます。わたしはその姿を見ながら、いくらお腹が空いていてもこんなふうにはなりたくないな、と思っていました。

変わり果てた三男

次の日も取り調べは続きました。たまたまでしょうか、その日は三男の嫁と一緒になることができ、取調室の廊下で、二人きりで話をする時間もありました。牢に入れられて、さほど日にちが経ってはいませんでしたが、とても久しぶりに会えたような気がして、わたしたちは話に夢中になっていました。

その嫁が、ふいに窓の外を見ました。そして三男の名前を口に出したのです。

「オモニ、〇〇さんよ！」

嫁は、窓の外で三男の姿を見かけたようで、とても驚いたようでした。わたしは嫁の視線の先に目をやりましたが、そこにはもう誰もいません。どういうことなのか戸惑っているうち、わたしたちのいる建物の入り口が開いて、三男が看守に連れられて入ってきました。

その三男の姿に、今度はわたしが驚きました。脱北する前でも、中国に逃げたあとでも、いつも身ぎれいにしていたはずの三男が、見る影もなくすさんでいたからです。長めにカットして整えていた髪が、鳥の巣のように乱れていたのを見て「たった四日の間にが……」と衝撃を受け、それと同時に、あることに思い当たりました。

三男は、北朝鮮では禁止されているキリスト教の地下教会に、何度か足を運んだことがあったのです。そのあと続くことはなかったのですが、もしかしてそのことで、きつく責められたのではと思い、気が遠くなりそうでした。

でも、ここで動揺をあらわしてはいけない。わたしは自分にそう言い聞かせました。わたしたち家族が、取調室で一緒にさせられたのには、保衛部がわざと仕組んで観察するためかもしれないのです。ですからわたしは、その手には乗るまいと、なるべく平静を装うようにしていました。

三男がわたしの横に座らされると、入れ違いに嫁が立たされ、看守にうながされて牢屋へと戻されました。三男夫婦の対面はその一瞬だけで、二人はゆっくり視線を合わせることもままならず、また離ればなれにされてしまったのです。それを見ながら平静を装うことは、とてもつらいことでした。

それでも、そばに看守がいるとはいえ、三男と二人でいられるのはとてもうれしいことでした。捕らえられたときのままの、部屋着のままでいる三男を見て、わたしは重ねばきしていた靴下を脱いで差し出しました。

「これを履きなさい。足が冷たいでしょう」

「いいよ、オモニも寒いでしょう。僕は平気だから」

「わたしはもう一枚履いてるから、平気だよ。やせ我慢してないで、言うことを聞きなさい」

そんなやりとりを聞いていた看守も、人の子だったようです。

「お母さんがそう言ってくれてるんだ、素直に受け取りなさい。おまえ、監房でいつも寒そうにしてるだろう」

看守はそう言って立ち去り、少しだけわたしたち親子に、水入らずの時間をくれたのです。

「オモニ、僕はもうだめだ。最後かもしれない、もう死にたいよ」

看守がいなくなると、三男は涙を浮かべ、堰を切ったように話し始めました。

「なにを弱気になっているの。しっかり自分を持ちなさい。一体わたしたちが、なにをやったっていうの」

「僕が何回か教会に行ったことがあるだろう？　そのことを妻が取り調べのときに、言っちゃったみたいなんだ。そのことで責められて、いくら違いますって言っても、むこうがもう決めつけてきて、聞いちゃくれないんだよ。このままだともう終わりだ」

「でも結局、行くのはやめたじゃないの。それをはっきり言って『違う』って言わないと、あっちはいくらでも弱みに付けこんでくるんだよ。元気を出しなさい。母さんだってこうやって、ひどい目に遭っても堪えてるんだから」

わたしはそう言って、三男に笑顔を作って見せました。あとで聞いた話ですが、この時の笑顔で三男は、とても元気づけられ、希望が湧いてきたといいます。そして三男にそう言ってみせた以上、わたしも気をしっかり持ち、三男たちの前で弱音を吐いてはだめだと、自分を奮い立たせたのでした。

幽閉された日々

こうして牢屋と尋問室を行き来する日々が続きました。そのあいだにも牢屋からは一人また一人と姿を消し、そしてまた新たに人が入ってくる、ということが続きました。そうするうち、わたしはその牢屋のなかでは古株になり、乏しい食事を人に取られることもなくなりました。それに加え、あたらしく入ってきた人に牢屋の中での過ごしかたを教えるといった面倒を見るような役割が、自然と割り振られるようにもなっていきました。

ですから、わたしが最初に入ったときのような、先に入っている人に食事を差し出すといった無意味な掟はなくしました。それで同じ牢屋に入っている者同士の、食事の不公平はなくなると思っていたのですが、実際にはそう簡単にはいきませんでした。

掟がなくなると、今度は実力が物を言うようになりはじめたのです。国全体が飢餓状態になっていたせいもあるのでしょう、一人にあてがわれる食事の乏しさに我慢できず、弱い人のぶんを腕力で無理やり取ろうとする人が増えはじめました。ですから「先に入ってきた人も後に入ってきた人も、不公平がないように一口でも分けて食べなさい」と言い聞かせないといけませんでした。

それでも気の弱さのせいか、いつも食事を取られている人がいました。牢屋に入る人の中には、わたしたちのような脱北者以外にも保衛部に捕まった人たちがいて、その人もその一人でした。

教師をしていたというその人は、中国にいたことがあり、そこでキリスト教を学んだということでした。そして北朝鮮に帰国するとき、布教目的で聖書を持ち込もうとしたところを保衛部に見つかり、現行犯で逮捕されたということです。北朝鮮国内でのキリスト教布教は禁止されていて、当然その人もそのことを知らないわけがありません。ですから、簡単に見つかるようなことはしないはずで、きっと密告者がいたに違いない、わたしは口にこそ出しませんでしたが、そう確信しました。

その人は、尋問室でも相当ひどい目に遭っているようでした。また、わたしの目が届かないところで、その人は食事を横取りされ続けてもいたようです。わたしは、日に日に弱っていく姿を見るに見かね、食事のたびごとにちゃんと食べることができていたかを確認しなければならなくなっていました。

子どもたちとの再会

そんな騒がしい牢屋と、尋問室との行き来が続いていたある日の夕方、巡回の時間でもないのに担当の役人がやってきました。

「あなたの息子と娘を、この監獄に移すことになった。娘は腸チフスに罹っていたが、熱も下がって伝染する心配もなくなっている。これから二人を連れてくるが、泣いたり叫んだりして騒がないでくれ」

鉄格子越しにそう言われてしばらくすると、ドアが開いて本当に三男が連行され、男性が収容されている隣の牢に入れられました。そして少し間があり、役人の言うとおり衰弱しきった長女が、壁づたいによろよろとした足取りで入ってきました。その姿はあまりに弱々しく、歩いているのだか這っているのだかわからないほどでした。

長女はわたしを見るなり、大粒の涙をこぼしながらわたしに抱きついてきました。わたしは力が抜けきった長女の体を抱きながら、長女につられて嗚咽しそうになったのですが、ここで誰にも泣く姿を見せてはいけないと自分に言い聞かせました。

そのかわり痩せほそった長女の背中をさすりながら「よかったね、よくがんばった」と声をかけました。その言葉は、長女だけではなく自分にも、そして隣の牢にいる三男にも向けたものでした。

母親が間近にいる安心感で力づけられたのでしょうか、長女は日に日に回復していくようにみえました。

半地下になっているこの牢獄にも春の感じがするようになったある日のことです。

皆が昼寝をしている時間、立って外を見ていると、小さい窓から見える杏の木に花が咲いているのを見て驚きました。今の自分の境遇と花があまりにも不似合いだったからです。

大きい木ではなく私の腰ぐらいの小さい木に白い花が咲いているのを見ていると、なぜか涙が頬をつたってぽろぽろと泣けて来ました。

暗幕に閉ざされたこの世にも、季節が来ると花が咲くんだ！ということから、今の自分にも奇跡が起こるかも知れないと思うと希望が見えるはずですが、なぜかその時は涙が流れて止まりませんでした。

子どもたちが起き上がるといけないと思って、私も横になりました。

春は気分的に何か良いことが起こるような気がしました。

判決の日

正月に連行されて春まで拘束が続き、保衛部ではわたしたちにもう聞くことはなくなったようで、呼び出しを受けることもなく日が過ぎていきました。いつまでこの牢屋に閉じ込められているのだろう、と心配でしたが、子どもたちの前で不安そうな様子を見せるわけにはいきません。

そんな日々を過ごしていたわたしは、ある日、久しぶりに呼び出しを受けました。しかも連れていかれたのは、いつもの尋問室ではなく、立派な調度品がそろった部屋でした。そして、そこには一見して保衛部の、しかも地方ではなく中央の幹部とわかる制服を着た、大柄というより肥満した男が、他に何人かの役人を従えて、わたしを待っていたのです。

その幹部を見て、いよいよ自分たちの処分が決まったのだなと、わたしは直感しました。

「あなたは帰国者ですか」

幹部はそう切り出しました。

「そうです」

「せっかく祖国に帰国したのに、なぜ他の国に行ったのですか」

わたしは少しためらいましたが、ここで覚悟を決めました。

「正直に話していいですか?」

「もちろんですよ」

「わたしは朝鮮に帰国するとなったときは、とてもいやでした」

「どうしてですか」

「朝鮮の人は性格が荒々しく、それに文化的ではないとみていたからです」

「ではなぜ帰国したんですか？　そのときの年齢は？」

「十八でした」

「その齢なら、一人で生活できたでしょう。なぜそれでも帰国したのですか」

「自分が朝鮮人だということを隠すのに、疲れていたからです。そのころ、兄が朝鮮総連の仕事をしていたので、家に『チョソン（朝鮮）』という画報がありました。それに目を通していたら、大きな写真に目が留まりました。それは、金日成将軍がたくさんの人民に囲まれて、満面の笑みを浮かべている写真です。それを見て心を動かされたんです。

でも朝鮮に来てみたら、当時の日本も貧しかったですけど、それよりもずっと貧しい国だったので、心底落胆してしまったんです」

そこまで言ってしまうと、それまで心の底に溜まっていた思いを、すべて吐き出さずにはいられなくなってしまい、次から次へと言葉が出てきました。

「帰国した直後には、日本に帰してくれと言ったこともあります。それでも来てしまった以上は、この国で生きていこうと努力してきました。

ですが、わたしたちが帰国したころには、ちゃんと食べるものの配給がありましたよね。

あのころは石鹸もあったし、味噌や醤油も自由に売っていました。それでもこの国にいるのは、やっぱりいやだったんです。一つだけよかったと思えたのは、同じ朝鮮人同士だったから差別はなかったということだけです。

だけど今はなんですか。工場から煙は出ないし、稲は小さいし、肥料がないからトウモロコシもできない。いったい、わたしたちはなにを食べて生きていけと言うんですか。このままではこの国は未来がない。そう考えてわたしは、日本に帰ろうと思い始めたんです」

それまで言えずに溜めていたことを、保衛部中央の幹部の前で言い終わって、気持ちはすっきりしました。もうすでに、わたしたちの処遇は決まっていたのでしょうし、もし仮にこの発言で刑が重くなっても、それはわたし一人が背負えばいい、そこまでわたしは肝を据えていました。

しかし、わたしは当たり前の、誰もが感じていても口に出せなかったことを、正直に話したまでです。その話が正直すぎたせいでしょうか、役人たちはみな笑いをこらえていました。幹部は呆れたような顔をしていたのですが、真顔になると「今回はそれほど重い罪には問わないことになるだろう」と言いました。そして、こう続けたのです。

「逃亡したのはこれが最初だから許してやるが、二回目はないぞ。日本から来た帰国者というのは大抵、食うに困ったら黙って死んでしまうものなんだ。だから逃亡するなんて、普通の考え方ではない。

帰国者で逃亡したのは、あなたが初めてだ。だから、帰国者を逃亡させる組織を指導していると、当局は判断している。ここを出るのは先のことだが、その間に頭を冷やしておくことだ。出所したら、都会から離れた田舎で余計なことをしないで、のんびり生きることだな」

追い詰められた女性の話

重い罪には問わないとは伝えられたものの、いつ出られるかは一向にわかりませんでした。その間にも、また何人もの脱北者が捕らえられて牢に入り、また呼び出されてそのまま姿が見えなくなる人もいて、ということが繰り返されました。

その中に、ずっと泣いてばかりの女性がいました。収容されてから様子がおかしいので気にしていたのですが、食事の間も寝付くまでも、ずっとめそめそしているのです。それ以前には、新入りに対して厳しいというより理不尽な「掟」がありましたが、わたしが役人に言って廃止させていました。ですから、なにが原因なのかがさすがに気になり、声をかけてみました。

「どうしたの。ここに来てからずっと泣いているけど、なにがあったの」

その人は、びっくりしてわたしの目を見ていましたが、やっと声を絞り出しはじめました。

「わたし……今度こそだめだと思うんです……」

「今度って……まえにも逃げて捕まっているの？」

「はい……今度は逃げたのじゃないですけど……ここは二度目です」

「逃げたんじゃないのに、またなんで捕まったのか、聞いていい？」

「実は……わたし、韓国に行きたくて……なにか手柄を立てれば早く行けると思って、子どもを一人殺しました」

わたしは自分の耳を疑いました。その人の話があまりにも、普通ではなかったからです。

「子どもをって……あなたの？」

「いいえ、保衛部の人の子どもが外で遊んでいたのを見たんです。その子に青酸カリを入れたパンを食べさせたら、本当に死んじゃって……」

韓国に行きたい、というのはわからないでもありません。しかし北朝鮮から韓国に行くということは脱北、逃げる以外に方法がないのです。それを〝手柄を立てれば〟とは……。誰にどういう手柄を立てるということなのか、そしてそれが、何の罪もない子どもの命を奪うこととどうつながるのか、わたしには全然理解できませんでした。

「死んじゃったって……どうしてそんなことしたの？」

「だって、あなたもそうしたのかと思って」

「なに言ってるのよ、誰もそんなことしやしないわ。なんでそんなこと、わたしに話すのよ」

「あなたが日本に行くために、中国に逃げたって噂を聞いたんです。だからそのために、なにか手柄を立てたのかなと思ったから、私のことを話したんですが……」

わたしは絶句してしまって、なにをどう言ったらいいのかわかりませんでした。なにがこの女性をここまでにしたのか、知りようもありませんでしたが、ただあまりのことに、怒りをおさえることができなくなってしまいました。

「誰になにを聞いたのかは知らないけど、韓国に行きたい人が子どもを殺さなきゃいけないなんて話、本気にしたってうまくいくわけがないでしょう！　そんなことしなくても、韓国に行けた人は多いって話なのよ。それに、罪のない子どもの命を奪ってまで自分が都合よく生きようなんて、間違っているわ！」

その人とはそれ以降、話すことはなくなりました。聞いた話では、その人の家には最初の脱北で捕まったときに保衛部が盗聴器を仕掛け、それを知らずにあれこれ家族に話していたのを聞かれて捕まったらしいです。そうしてみると、この牢屋にも盗聴器が仕掛けられていても不思議ではありません。それに思い当たり、それからは会話の内容に気をつけるようになりました。

その女性は、わたしと唯一の会話をした二日後、呼び出しを受けたあと、二度と戻りませんでした。その後の話も聞きませんから、処刑されたのかもしれません。

第五章　追放された山奥の村で

釈放を待つ日々

いつ釈放されるのかわからないままで、その年の春は過ぎ去ってしまっていました。

七月に入ってまもなく、三男の嫁が高熱を出しはじめました。額に触れてみると、火のように熱くなっています。看守にそのことを訴えたのですが、この施設に医師は常勤していないため、近くの病院に連絡しても往診に来るには何日もかかると言います。それに解熱剤などもなく、仕方なく水で額を冷やしながら、往診を待つしかありませんでした。

何日かしてやっと往診があり、腹膜炎と診断されたのですが、薬がないことには変わりはなく、相変わらず冷やし続けるより他にはありません。それでも、それ以上に悪化することはなかったことは、不幸中の幸いでした。

看病の甲斐があって嫁の様子が落ち着いたころ、わたしはまた呼び出しを受けました。

そして何日か後に、やっと出所できると知らされたのです。その前に、保衛部中央の幹部から知らされていたとおり、今回は朝鮮労働党の寛大な配慮ということで、それまで住んでいたところから、遠く離れた別の場所に移住――早い話が僻地に追放、ということでした。

もっとも、脱北前に住んでいた家は没収されていますから、追放されなくても戻るところなどありません。ですから出所後は、何日かわたしの妹の家に身を寄せ、静養と準備にあてろと命じられました。それも判決ですから、従うよりほかにありません。

脱北者は捕まると重罪と聞いていました。わたしたちが収容されているあいだにも、何人もの人たちが入っては消えていき、消息不明になっています。ですから、わたしと長女、それに三男夫婦がそろって生きて出られるだけでも、奇跡としか言いようがありませんでした。わたしはそのことを子どもたちに伝え、もう少しの辛抱だから気をしっかり持つようにと、言い聞かせました。

妹の待つ街へ

それから何日かのち、わたしたち家族は全員、牢屋から出されて別の部屋で待機させられました。なにも告げられずに待っていると、目の前の窓から一台のバスが敷地に入ってくるのが見えました。三男はそれを見て、その場で座り込んでしまいました。そのバスで、拘置所送りにされると思ったようです。

事前に処遇を知らされていたとはいえ、わたしもそれを見て、少し不安を感じました。ですから、尋問室に呼び出されたときには、かなり緊張していました。

中に入ってみると、そこには何人かの役人がわたしたちを待っていました。そのうちの一人から、あらためて先日伝えられた判決内容を伝えられ、妹の家での滞在期間が二十日間であること、その前にいくつもの書類を読み、承諾した上で拇印を捺すことを命じられました。

それを聞いてわたしはほっとしました。約束を反故にされて拘置所に送られることもなく、やっと牢屋を出られるのです。渡された書類は、ここであったことや見聞きしたことを絶対に漏らさないという誓約書で、わたしは何枚もの書類に、両手の指が真っ赤になるほど拇印を捺しました。

こうしてわたしたちはバスに乗せられ、脱北前に住んでいた会寧に戻りました。春先の冷たい豆満江を渡ってから、もうずいぶん経っていましたが、バスから見える住み慣れた街の様子はなにも変わっていません。道には脱北前と同じ、くたびれたような姿の人たちが、リュックサックを背負って歩いています。

とにもかくにも普通の生活に戻れるという実感で、やっとホッとしました。わたしが住んでいた家の横を通り過ぎるときには、近所の人たちがバスの中のわたしを見て、驚いているのが目に入りました。

バスが妹の住む一軒家の前に着き、わたしたちが降りていると、中から妹が出てきました。その顔色がよいのを見て、わたしは心の底から安心しました。

僻地での再出発

会寧の妹の家での日々はあっという間に過ぎ、期限の日の夕方、わたしと子どもたちを迎える車がやってきました。そのとき妹夫婦は不在だったので、わたしたちは別れの言葉もなく車に乗り、途中で三男の嫁を拾っての旅立ちでした。追放先は吉州《キルチュ》という北の山岳地帯で、核実験場のある豊渓里《ブンゲリ》の近くです。そんなところに、体の悪い嫁まで連れていきたくはなかったのですが、本人がどうしても夫と一緒に、というので仕方ありませんでした。

その翌日には、二人の役人が監視役として同行し、特別列車に乗せられました。目的地の保衛部に着くと、わたしたちはわずかな荷物と一緒に木炭車のトラックの荷台に乗せられ、町を離れて山道へと入っていきました。

途中、車のタイヤがパンクしてしばらく待たされましたが、おかげでこれから自分たちが住む場所を、じっくり見渡すことができました。八月の終わりで暑さはやわらぎ、澄んだ山の空気が心地よかったのを覚えています。

しかし、こんな山奥に住んだことなどなかったので、不安な気持ちはぬぐえませんでした。それでも、あの半地下の牢屋から出られてその場所にいられること自体が、奇跡としか思えませんでした。

修理が終わって、木炭車はまた山道を登りはじめました。ひたすら続く上り坂が重荷なのか、とにかくゆっくりとしたスピードで木炭車は進みます。どこまでも続く山の景色と、単調なエンジンの音と揺れが、眠気を誘いました。

退屈だったこともあり、また子どもたちを元気づけようとも思い、わたしは北朝鮮で有名な『キキョウの花』という映画の主題歌を歌いはじめました。

その映画は、山奥の村に電気を通すために奮闘する女性が主人公です。その女主人公は、山に入って大木を斧で切り倒し、ロープで村まで引いてきて電柱にして村に電気を引き、他にも田畑や魚の養殖場を作って村に繁栄をもたらします。

最後は台風が村を襲い、女主人公は羊たちを救いながら命を落としてしまうのですが、それでもそのときのわたしは、気丈な彼女をこれからの自分に重ね合わせてもいました。そしてそれは、わたしたちを監視するために同行している保衛部員に弱気を見せまいとする意地でもあり、また三男夫婦を勇気づけ、さらに自分を奮い立たせるためでもありました。

こうしてわたしたちを乗せた木炭車は、山道の途中でいくつもの村を通り過ぎ、その中でもいちばん大きな村の前で止まりました。その途中で見た村々が、あまりにも小さく貧相なように見えていたせいで、その村は自分たちが住む場所としては、さほどひどい感じは受けませんでした。

まだ、わたしたちの住む家が決まっていなかったため、臨時の宿泊場所ということで、村の中でも広めの家に案内されました。その家は、家族が使わない部屋をわたしたちのような者に貸している、旅館のようなところでした。

なによりも安心したのは、そこの夫婦の郷里が、わたしが脱北前に住んでいた町に近いということでした。その夫婦に聞いた話では、その村というか土地には、日本統治時代から雲母《うんも》の鉱山があったのだそうです。しかしすでに掘り尽くされてしまい、そのころにはもう閉山になっていました。それでも、探せばまだ少しずつでも塊が出るため、それを拾ってきては薄く剥がして職場に持っていく、というのを内職にしているということでした。薄く剥がした雲母は、ゼンマイの板バネなどに使われるのだそうです。

そんな村ですから、仕事を探すといっても、そんなにいろいろあるわけでもありません。その中から三男は、山にいくらでもある木を切り出して木材に加工し、家具を作って街に送り出す仕事につきました。

そして、わたしたちが住むという家に案内されたのですが、家というのは名ばかりの、石を組み合わせてセメントを塗った小さな建物でした。それでもベニヤ板を貼った部屋が二つあるという、狭いとはいえ北朝鮮では標準的な作りで、わたしと長女、それに三男夫婦がなんとか住むことはできました。

ないない尽くしの生活

なんとか住む場所が決まったものの、さっそくいろいろと不便なことが出てきました。まず、煮炊きに使うお釜が足りません。妹に一つ分けてもらっていたので、それで足りると思っていたのですが、この家の炊事場は、お釜が二つないと使えない作りになっていたのです。でもこれは、困っているわたしに気がついた近所の人が持ってきてくれたおかげで、すぐに解決しました。

すると今度は、水道が引かれていないことに気がつきました。そんな村に移されるとは聞いていませんでしたし、また考えてもいませんでしたから、水を汲みにいく道具などは持ってきていません。仕方なくその近所の人にお願いして、バケツをひとつ、お金ができたら払うことにして、分けてもらいました。

本当にないないづくしの再出発でしたが、それでも街場で暮らすよりもよかったと思うことがありました。山奥のこの村は、街場から離れているぶん、朝鮮労働党の影響も少ないようで、街場のように人と人とがお互いを監視しあい、妬んだりひねくれたりするような窮屈さがなく、昔ながらの純朴な人間関係がまだ生きていました。

またわたしたちのように、追放された人たちが集められる村でもありました。ですから、古くから住んでいる人たちと追放者とがお互い助けあって生きていて、それまで住んでいた町にはない人間らしさのある村でした。そのせいか新しく追放されてきたわたしたち家族に、まめに野菜や穫れたてのジャガイモを持ってきてくれます。それでこの村の人たちの心づかいに気がつき、わたしはホッとしました。

そんな細やかな心づかいをしてくれる人たちでしたが、さすがに不足している穀類、特にお米までは、他の家の心配をしているわけにはいきません。自分たちで持ってきたお米もいつかは底をつくので、なくなる前になんとかしなければなりませんでした。

そこで思いついたのが、お酒造りでした。ですが材料がありません。そこで最初に宿を貸してくれた夫婦に相談して、トウモロコシを五十キロ借りることができました。とはいえこれも夫婦の持ち物ではなく、持っている人を仲介してもらって、やっと手に入ったものです。

お酒造りに必要な麹の材料は、三男が山の中でドングリを拾って集めました。それに発酵に必要な壺も、持っているわけがありません。ですからやはり、近所で使ってない人から借りることにして、これでやっと生活の糧を作り始めることができました。

こうして作ったお酒は、味がよいと評判でした。それに、村の近くにいる軍隊にもこの話は伝わり、兵士が作るトウモロコシと交換することで、お酒造りを続けることができたのです。

山村の保衛部員の活躍

暑い夏が終わり、十月になると、それぞれの畑で収穫が始まります。わたしたちは畑を持っていませんでしたが、長女と嫁は収穫の終わった畑に出かけていっては、まだ残っていたトウモロコシや豆の他、拾えるものは拾い、リュックサックをいっぱいにして戻ってきていました。

そうして、食べるものの心配が減ったと思われたある日のことでした。長女たちがいつものように、リュックサックをかついで出かけるとすぐに、ノックもなしにいきなり保衛部員が二人、家のドアを開けて入ってきました。

「いま、お前の娘と嫁が出ていったろう。どこに行った？」

「畑に残った豆やトウモロコシを拾いにいきましたよ。それがなにか？　そんなことのためにわざわざ、こんな大げさに人の家に入ってきたんですか？」

こちらにはなにも後ろ暗いことはありません。わたしの様子と話を聞くと、保衛部員は黙って引き上げていきました。

実はこの家の隣には、人民班長という肩書きの婆さんが住んでいたのでした。その人が長女と嫁の様子を見て、勝手に泥棒かなにかをやっていると思い込み、保衛部員に密告したのでしょう。どうやら監視しやすいように、わたしたち家族をこの家に住まわせた、ということのようです。

　もちろんわたしは、戻ってきた長女と嫁にこのことを話しました。三男もそれを聞いて気分を悪くし、憂さ晴らしに歌でも歌おう！とわたしは、近所の家からギターを借りて、長女に渡しました。

　こうしてその夜、わたしたち家族は四人で、村中に響き渡る大きな声で歌いました。外に目をやると、わざわざ外に出てきていた隣の婆さんが、呆れ顔でぽかんと口を開けてこちらを見ています。明日はこれも保衛部に密告するのだろうな、とは思いましたが、わたしたちは歌い続けました。そうすることでわたしたちは、臆することなく楽観的に生きていることを見せることができて、晴ればれした気分になったものです。

置き去りにした孫を……

　十一月に入って、長女の様子が変わりはじめました。わたしたちが捕まったとき、中国の家に残してきた孫の誕生日が近づいていて、それが気になり、夜も満足に寝ていないようです。わたしもそのことが気になり、どうしたものかと考えはじめていました。

そんなある日、わたしたちが住んでいた会寧まで行くトラックがあるという話を聞き、ある考えが浮かびました。三男の嫁は、牢屋にいるときに発病した腹膜炎が持病になっていて、ずっと薬を飲み続けなければなりませんでした。しかし、山奥の村では薬を手に入れることが難しく、残りがわずかになっていたのです。

そこで、嫁を町の医者に診せて薬をもらわなければならない、というのを口実にして、長女に付き添わせて会寧まで送り届けることにしたのです。国境まで目と鼻の先の会寧まで行けば、中国まで行くチャンスもあるに違いありません。

運転手にうまく話をつけ、トラックは長女と嫁を乗せて出発しました。見送りながらわたしは、どうかうまくいきますようにと、心の中で祈りました。そして家の前まで来ると、待ち構えていた保衛部員が「どうして勝手に長女まで行かせたのか」と食ってかかってきました。

「どうしてもなにも、病気の嫁の薬がないんですよ。おかげで悪化しはじめているから町に送り届けるのに、看病する人をつけてはいけないんですか？　それで死んでしまってもいいと言うんですか？　それは人間のすることではないでしょう！」

そのとき、わたしは本当に腹が立っていたので、一気にまくし立てました。それに気圧《けお》されたのか、保衛部員はすこしためらったようでしたが、それでも自分の立場を守ろうと必死です。

「そうは言うが、もし帰ってこなかったらどうする気だ」

「そんなのわたしにもわかりませんよ。信じて待つしかないでしょう」

そう言うと、保衛部員は返す言葉をなくしたようで、そのまま帰っていきました。

このあと長女は、嫁を病院に預けたあと、うまく脱北することができ、孫にも再会できたようでした。

この保衛部員との一件も、隣の婆さんが密告したせいでしょう。そのことで、いよいよ耐えられなくなったわたしは、引っ越しすることに決めました。

とはいえ勝手に引っ越すと、また騒ぎになると思ったので、村の役人に会って話をするつもりでした。しかし会いにいってもらちが開きません。二、三人にたらい回しにされ、誰もが責任のがればかりして、あいまいなことしか言わないのです。とはいえわたしの決意にには変わりはないので、どう役人が答えようと関係ありませんでした。

役人に言うべきことは言ったので、わたしはさっそく引っ越しをはじめました。引っ越し先の見当は、すでにつけてありました。それまで住んでいた家の近くにあった、ブロック造りの二軒長屋で、一見立派な作りです。

家具作りから、大工見習いに仕事が変わっていた三男の、職場の人たちに手伝ってもらい、二軒を分けていた壁を壊して一軒にしてみると、広々として使い勝手がよくなりました。ただ、屋根に葺《ふ》かれていたはずの瓦はなく、板が張られているだけです。

おかげで夜になると開いた穴から星空が見えるほどでしたが、窮屈な部屋とうっとうしい隣の婆さんから解放されて、身も心もすっきりしたものです。

不吉な予言

引っ越してみて、それまでの苛立つことの多かった自分に、あらためて気がつきました。苛立ちは、悲観や不安のあらわれです。それが和らいだことで、三男も落ち着きを取りもどしたようでした。

　こうして平穏な日々が続きました。長女はうまく脱北できたので帰ってきませんでしたが、この村の保衛部員は、それを上に報告することよりも黙って見過ごしているほうが、自分の身を守るためには無難だと判断したのでしょう。この件でうるさく言いたてることもなくなっていました。

　そうなってみると、意外とこの村が自分に合った、住みやすい場所だということに気がつきました。追放されて一年近くが経つころには、この静かな村でずっと暮らしてもよいのかも……そんなことさえ考え始めていました。

　秋が深まっていたある日、わたしをキノコ採りに誘ってくれる人がいました。その人は同じ村の人でしたが品があり、言葉使いもやさしい、感じのよい人でした。ご主人は餓死したとのことで、年頃の娘さんとその下の男の子と三人で暮らしている、ということでした。

　二人で山でキノコを採りながら、いろいろな話をしていたのですが、その人は急に真顔になって、わたしに頼みたいことがある、と言いだしました。それも「秘密にしてほしい」と、なんとも気になることを付け加えます。そう言われるとなおさら気になるものですから「とにかく話してみなさいよ」とうながしました。

その人は、わたしたちが村で住む家が見つかった翌日、持ってきていた布団を干しているのを見かけたのだそうです。そして、わたしたちがこの村を離れることになったら、その布団を譲ってもらえないか、と言うのです。

ちょうどそのころ、その人の娘さんの結婚が決まっていたそうなのですが、そのための準備でいちばん困っていたのが、布団だったのだそうです。そこへ、目当てのものを持っていたわたしたちが追放されてきたのを見たのでした。そこでその人は、追放者であるわたしたちがそう長くはこの村にいないだろうと思って、この話をすることにした、と言いました。

その布団は、吉州への追放が決まって妹の家にいたときに、もらったものでした。そのとき、妹の家にはあたらしい布団があったため、余分になったものがあり、それを譲ってくれたのです。それはけっこう立派なもので、わたしも満足してたのですが、その人の目にも同じく、立派に見えていたのでしょう。

しかし、わたしたちがこの村に長くいないと勝手に決めつけられていたというのは、気持ちのよいものではありません。もしかすると、これまでにこの村に追放されてきた人たちは、かならずまたどこかに移されていた、ということなのかもしれません。だとしたらこの人の頼みごとは、不吉な予言にも思われました。

わたしは返事に困ってしまいました。いくら居心地が悪くないとはいえ、ここもまた北朝鮮なのです。いつかはかならず脱出するつもりではいましたが、その前にまたどこかへ追放されないとも限らないと、その人は言っているようにも聞こえます。そんな不確かな身の上では、なにかを約束したとしても、守れる保証はありません。

なにを言っても嘘になる……。嘘をつくことができないわたしは、その人の頼みごとに答えることができず、黙っているしかありませんでした。

突然やってきた姪

布団の件で、その日は気分が重くなってしまいましたが、キノコはたくさん採ることができました。それをリュックに詰め込んで山を下り、塩漬けにするために若夫婦――わたしたちと同じ会寧から来たということです――に塩を分けてもらってから、家へと足を向けました。

いつものように玄関を開け、足を踏み入れると、ふいに「コモ《おばさん》」と声をかけられました。とっさに声の方を向くと、そこにはもう職場から帰ってきているはずの三男ではなく、会寧に住んでいるはずの姪――弟の娘――がいました。

あまりに突然のことで目を疑い、連絡もなしにまさか、という思いで言葉も出せずに立ちすくんでしまいました。それでもどうにか気を取りなおし、やっと「おまえがどうしてここにいるの？」とだけ、聞くことができました。

「お金、持ってきたよ」

姪の返事はとても簡単なものでしたが、それで充分でした。日本にいる兄からの送金を、この村まで届けにきてくれたのです。それで納得し、安心するとともに、いるはずの三男のことを聞いてみました。すると、三男は姪が来たことをわたしに知らせようと、外に飛び出していったということです。

そのことを告げながら姪は、兄からのお金の包みを渡してくれました。わたしはそれを押しいただくと、束になったお札に、汲んできたお水を添えて三男の作ってくれたテーブルの上に置き、手を合わせて「神さまありがとう、お兄さんありがとう」と祈らずにはいられませんでした。

そうしていると、三男が帰ってきました。捜してもどこにもいなかったわたしが、家にいるのを見て拍子抜けしたような顔になり「オモニ、どこ行ってたの？」と聞いてきましたが、お互い無事を確認できてホッとしました。

その夜、姪はわたしの家に泊まり、村で採れたもので精一杯のもてなしをしました。といっても、カボチャや豆といったものばかりでしたが、姪は「会寧ではこんなおいしい野菜は食べられない」と喜んでくれ、自分たちが心配していたよりもずっとよい暮らしをしているようで安心した、と言ってくれました。

翌日、会寧に帰る姪が乗るトラックに、三男が職場の人たちを連れて同乗し、町まで買い出しに出かけました。帰りにはお米五十キロに油五キロなど、足りなくなっていてすぐに必要だったものを、担いで帰ってきたのです。その姿はすぐに村じゅうの評判になり、わたしの家は村一番のお金持ちということになりました。

お酒を作るためにトウモロコシを五十キロ借りていた家には、一年で一番高い時期の値段で払い、イノシシの肉を分けてくれた家に代金を払いと、村での借りをすべて返してしまうと、とてもスッキリした気持ちで毎日を過ごすことができました。

いつもお世話になっていた三男の職場の人たちには、いつ来てもお酒を出し、ごはんを食べてもらいました。こういうときでなければ、ご恩を返すことができないと思ったからです。わたしの作った料理に、職場の人たちは「この家は村で一番偉い党幹部の家よりも、酒も肴も全部、ずっとおいしい」と、喜んでくれました。

そして、それまで付き合いのなかった人たちまでもが、評判を聞いてわたしの家に出入りするようになっていきました。わたしたちを目の仇にしていた保衛部員も、こういうときだけは満面の作り笑顔で「この家の酒と肴はおいしいらしいね」と入ってきたものです。もちろん、相手になんかはせず、そのまま追い返しました。他の人には、それまで縁がなくてもごちそうをしていましたが、この人だけは絶対、相手にしたくなかったのです。

初めての吉州の冬

やっと安心して暮らせるようになった吉州の村に、足早に冬がやってきていました。

その日は前夜から降りはじめた雪が、夜通し降り続いていたようでした。そうと知ってはいても、そんなに気にすることもなく、わたしはいつものように目を覚まし、水を汲みに外に出ようと、玄関の扉を開けようとしました。しかし扉はびくともせず、いくら力を入れても開かないのです。

やがて三男が起きてきて、なんとか開けてくれたのですが、外には扉の高さの半分くらい――わたしの腰が埋まってしまうくらいまで、雪が降り積もっていました。

なんとか三男を職場に送り出し、玄関前の雪を片付けていると、近所の人が「配給をくれるから、行きましょう」と嬉しい報せを持ってきてくれました。しかし、わたしが片付けたところ以外はまだ雪が積もったままで、道などありません。

わたしよりこの村に長く住んでいるとはいえ、どの家の人もあまりの雪の量に、怖じ気づいていました。そこで仕方がないので、まずわたしが先頭に立って道を切り開き、目的地の配給所まで村の人たちを連れていくことにしました。

先頭の役を引き受けたのはよいのですが、あたり一面降り積もったばかりの、人どころか鳥の足跡さえもない平坦な新雪の雪原が広がり、ふだんは見えているはずの家々も半分がた雪に隠れてしまっています。そんな中、わたしは腰まで埋まりながら道を作り、配給所に向かう人たちの先に立ちました。

雪の中を漕ぐ足を止め、振り向いてみるとわたしがつけた足跡に、みんな懸命に自分の足を入れながらついてきます。わたしはそれを見て、思わず吹き出してしまいました。そうやって、いつもなら五分ほどで着くはずの配給所まで、四十分はかかったと記憶しています。

そうやってやっとたどり着いた配給所でしたが、そこで出たのはトウモロコシがひとつかみだけでした。それを持っていった袋に受け取ったときには、驚く以上におかしくなってしまい、また笑ってしまいました。これだけのために、わたしたちは道が消えてしまった雪原を一歩一歩時間をかけ、まるで抗日パルチザンのような英雄的行進をしてきたのです。そう思うと、あきれて笑うしかなかったのです。

それでも誰も文句をいう人はなく、わたしたちはまた来たときに作った足跡をたどり、同じだけの時間をかけてそれぞれの家に帰りました。

　そうやって、やっとのことで受けた配給のトウモロコシでしたが、残り少ない食料の足しにするにはいかにも足りません。これを機械にかけて粉にしてしまうと、無駄が出てさらに少なくなってしまいます。そこで、近所で臼を持っている家に持っていき、米粒大に挽いて食べることにしました。

　そうやって、なんとかしのいだ吉州の村の最初の冬でしたが、山奥だったおかげで燃料の焚き木には不自由はありませんでした。ですから家の暖房には困ることがなく、それだけが救いでした。

山奥での誕生日の思い出

　そんな冬が終わり、三月になって春めいてきたのですが、それにつれて三男が考え込むようになりました。理由を聞いてみると、もうすぐわたしの誕生日がくるから、どうにかしてお米のご飯を食べさせたいのだと言います。

三男はそう言って、朝から斧を持ってどこかに出かけていきました。しかし昼時になっても戻ってきません。夕暮れになってやっと帰ってきたのですが、疲れてぐったりしていました。

「どこに行ってたんだい」

と聞いてみると、

「カエルを捕まえて、オモニに白いご飯を食べさせようと思ったんだよ。だけど一匹もいなくさ……」

と、気落ちして答えました。カエルの卵は、中国からわざわざ買い手が来るときいたことがあるので、三男はそれを目当てにしていたのです。

「なに言ってるの。こんな状態でわたしの誕生日なんか心配してる場合じゃないよ」

そう言って慰めましたが、それでも三男は気が収まらないようでした。

翌日の早朝、三男は「昨日、罠を仕掛けてきたから、なにか獲れているかもしれない」と言って、近所の子どもを連れてまた山に入っていきました。帰ってきた三男の手には、鳥が一羽握られていました。すでに息絶えてはいましたが、やせ細って見る影もない鳥です。生きていたなら逃がしてやれたのに……。そう思うとわたしはその鳥がかわいそうになって、葬ってやるように言いました。しかし一緒に行った子どもが「うちの豚にやるから」と言って、持って帰ってしまいました。

その鳥が、本当にその子の家の豚の餌になったかどうかはわかりません。しかし、春とはいえまだあちこちに雪や氷が残る山に入り、氷漬けになったカエルを探して一日中斧をふるい続け、疲れてお腹をすかせた三男を思うと、気の毒になってしまいました。

その夜は、いつものようにトウモロコシがご飯がわりでしたが、わたしのために苦労してくれた三男の前で、いつもよりもおいしそうに食べました。しかしそれは三男にはお見通しで、そんなわたしを苦笑いしながら見ていました。

いまでも誕生日が近づくと、わたしはそのことを思い出してしまうのです。

三男の決心

そんな三男がある日、塩田作業に志願すると言いだしました。仕事の少ない山奥の村で、やっと見つけた仕事にも慣れてきたのに……。わたしはそう思いましたが、三男には別の考えがあったのです。

三男の職場に、塩田作業の動員命令があったのだそうです。命令がきた以上、職場としては必要な人数を出さなければいけません。しかしすくない村の人口で、動員で欠けた人の代わりを補充するのは難しいことです。それに、山奥から遠く離れた海岸の塩田まで、家族と別れて単身で送られるのですから、誰もが行きたくないのはあきらかでした。

誰もが党の命令に服従しなければならない北朝鮮とはいえ、それはあまりに酷な命令でした。しかしそれに逆らえない職場の上司は、表面上は取りつくろってはいても本当に困っていたようで、そこに三男は進んで志願したのです。

脱北者の家族であるわたしたちは、追放された僻地の村で、隣に住む人民班長からの干渉を逃れて引っ越したとはいえ、監視対象であることに変わりはありません。そこで三男は、保衛部の印象をよくするために、あえて志願したのだと言います。

それに北朝鮮では当時、人が生きるのに必要な塩がいつも不足していました。そのためわたしも、キムチを漬けるのにさえ一苦労していたのです。だいたいこの村では、お料理の味付けというと塩しかありませんでした。加えて、まだ国全体が飢餓から抜け出せなかったため、東海岸の漁港にも増産命令が出ていて、魚の水揚げを増やしてはいましたが、保存のための塩が足りなくなっていたということです。

そのため、咸鏡北道《ハムギョンプクト》に日本統治時代からある塩田にも、増産命令が出たようでした。ですから三男には、自分たちに必要な塩を確保できる、という思惑もありました。

そしてそれ以上に、流刑地のような山奥を離れて海岸の塩田に出ることで、新たな脱北の機会を見つけるつもりでもありました。脱北した長女に同行させた病身の嫁は、すでにわたしたちが住んでいた国境の町、会寧に行っています。これも、家族全員を無事に脱北させるための、手筈の一つでした。

こうして三男は村を出ていき、わたしたち家族四人はそれぞれの生活をつづけながら、次の脱北の機会を探ることになりました。

一人暮らしの日々

こうして家族が散りぢりになり、わたしは一人、平穏な生活を続けていました。といっても、日本のように仕事があってそれで収入を得る、というわけではありません。

仕事らしいものとしては、雲母拾いがあった程度です。この村で最初の日、泊めてくれた夫婦はそれを内職にしているということでしたが、わたしはそれを村の婦人会に納めていました。取り決めでそうなっていたとはいえ、拾って婦人会に納めたところで収入にはならず、ただ働きです。これは強制ではなくノルマもありませんでしたが、これをさぼると村の反省会――北朝鮮国民の義務である生活総和――で批判されてしまうので、お付き合いで仕方なくでした。

これで、食料配給だけでもじゅうぶんにあればよかったのですが……。働いても、それに見合った暮らしができないのは切ないものです。気に入った村とはいえ、ここは北朝鮮なのだと思い知らされることが、このように何度もありました。

たびたびの停電も、そんな北朝鮮ならではのことでした。街場に住んでいると停電は日常茶飯事でしたが、冷蔵庫が普及しているわけではないので電灯やテレビが消える程度で、それほど不便とも思っていませんでした。

それは、この村に来ても同じでした。ただ、この村の電気は街場と違って遠くの発電所から来るのではなく、近くを流れる川を使った独自の水力発電だったのです。発電機が小さいせいか弱々しいもので、故障して停電することもたびたびでしたが、お昼でもちゃんと電気が来ていました。おかげでテレビが見られることはもちろん、製粉機が使え、畑で穫れたトウモロコシを粉にしてうどんを作ることができました。

トウモロコシでうどんというと、驚かれるかもしれません。わたしが来るはるか前、村で穀物というとジャガイモくらいしか穫れなかったそうですが、トウモロコシを植えるようになってからは、食べるものがかなり変わったということです。

そしてこのトウモロコシは、日本で食べられているものとは違う品種で、わたしには日本のものが、皮が厚くて甘いだけに感じます。しかし北朝鮮では主食で、うどんにする以外にも豆と一緒に炊いて、ご飯がわりに食べていました。皮が薄くてモチモチした食感のトウモロコシは、うどんにしても香ばしくてコシが強く、いまでもたまに懐かしくなることがあります。

それに土地がよく肥え、川が近くにあり水量が豊かだったので、おいしい野菜が穫れました。これは北朝鮮の町でも中国でも、まして日本でも味わえない昔ながらの濃い味のする野菜で、わたしが育った石川県で食べた記憶がよみがえったものです。

うどんの汁には、そういった野菜や近くで摘んできた山菜をダシに、味噌がなければ塩で味をつけ、キムチがあれば幸いでした。もちろん味噌は自分で作り、作る途中で醤油も取れるのですが、そうすると味噌の味が落ちてしまうので、作らないようにしていました。

ごくまれに、肉が手に入ることもありました。三男の職場の人が罠をしかけていて、そこにイノシシがかかるのです。村に限らず、北朝鮮では肉は貴重品で配給にはなりません。それだけ貴重な高級品で、もちろんそれが保衛部や役人に知られてしまうと取り上げられてしまいます。ですから職場の人たちだけの秘密で、三男が分けてもらってわたしたちの口に入ることもありました。もちろん無料というわけにはいきません。兄から送金を受け取るとその代金を支払い、近所の農家から豚肉も買えるようにもなりました。

こういう具合に、村での一人暮らしは質素ながらも、それなりに充実したものでした。

夜は食事が終わると、村の人たちが誰かの家に集まり、灯火の下でいろいろな話をしたものです。

それまでのわたしが知っている北朝鮮の人たちは、一見誠実そうに見えても、それは労働党や金一族に逆らわないようにして作り上げられた、見せかけの誠実さを演じさせられている人たちでした。そしてそれは、その人たち一人ひとりの本心とは違った、生き残るための方法としての、いつわりの誠実さです。そしていつわったまま生きるうち、はたしてどれが自分の本心なのかさえ、わからなくさせられているのです。

しかしこの村には、そんないつわりとは関係のない、本当に昔ながらの心を持った人の生活がありました。北朝鮮では悪いものとされた厚い人情がまだ残っていて、二つの国が統一されたなら、戻ってみたいとさえ思うことがあります。

第六章　吉州からの脱出

気さくな元エリート

三男が塩田に発ち、一人で吉州に暮らす日々を送るうちに、忘れがたい友人というべき人にも出会いました。

わたしの家の近所には、わたしより十歳ほど上の女の人――朴《パク》さん――が住んでいました。朴さんは昔、平壌である程度の地位にあったのだといいます。その朴さんがある日、わたしを「一緒に山に行こう」と誘ってくれました。聞けば、山に焚き木を拾いにいくのが、この村の人の仕事の一つらしいのです。

「そんなこと、聞いたことがありませんけど……」

とわたしが言うと、朴さんは、

「わたしが教えるから、心配しないでついてきなさいよ」

と言います。そこでわたしは、三男が家に置いていった道具を持って、ついていくことにしました。

山での仕事は初めての体験でしたが、森の中に落ちている乾いた木の枝を拾い、束にして引っ張って運ぶのだといいます。

「傾斜が急なところはどうやって運ぶの？」

「そういうところは、一人が後ろ向きになって運ぶのよ」

そんなふうにして、一つひとつ教わりながらの山での作業の時間を、とても楽しく過ごすことができました。朴さんは、そんなわたしの姿を見て、

「あんた、仕事するときは男みたいだね」

と言い、二人で笑ったものです。

こうして昼は二人で山に行き、夜はわたしの家の電灯の下で、村の婦人会に納める雲母を薄く剥がしながら、いろいろな話をして時間を過ごしました。家族が散りぢりになり、心配事が増えている中で、話し相手がいたことで気がまぎれ、大変に助かったものです。

拾ってきた雲母を剥がすのは初めてで、なかなか慣れることができず、そのころはまだ

気を使いながらの作業でした。そんなわたしをじっと見つめていた朴さんが、いきなり膝をたたいて「あっ！」と声を出し、びっくりしてしまいました。

「やっと思い出した。あんたの目を見ていて、誰かに似ていると思っていたんだけど、やっと思い出したよ。あんた、崔承喜《チェスンヒ》って知ってるかい？　私が平壌にいたころ、毎日のようにあの人を見てたんだよ。いつもマスクで顔を隠していて、目だけを出してバスを待っていたんだけど、そのときに見た目が、あんたにそっくりなんだよ」

崔承喜は、日帝時代に〝半島の舞姫〟として人気のあった舞踏家で、映画やレコードでも活躍していた人です。朴さんは、その話をきっかけに、懐かしそうに平壌に住んでいたころのことを話しはじめました。話の中には、金日成の後妻になった人のことまでありました。

しかし、それだけいろいろ話したにもかかわらず、わたしのことはなに一つ聞くことはなく、さすがに首都で要職に就いていた人だと感心したものです。ですからわたしも、朴さんの話を聞くだけにして、余計なことを根掘り葉掘り聞かないようにしていました。

カエルの奇跡

そんなある夜、いきなり電球が切れてしまいました。しかし、手元に一銭のお金もないわたしには、新しいものを買うことはできず、そのまま無為に夜を過ごすしかありませんでした。

その翌朝、わたしはいつものように朴さんと一緒に、焚き木を拾いに山にでかけました。山の中での、枯れ木を集めながらのいつものおしゃべりの中では、電球が切れた話も出ました。作業とおしゃべりに夢中になりながら一日が終わり、二人で川の流れで顔を洗っていたときのことです。水から顔を上げてふと前を見ると、石の上にカエルがひょっこりと座っていて、じっとこちらを見ていました。その前の日も、同じところにカエルが座っていたのを覚えていたのですが、そのときには気にもしていませんでした。しかしそのときは、カエルの卵を中国人が買ってくれることを思い出し、電球を買う元手になると考えたのです。そうしないとその日の夜からは、油に火をともすしかなかったのです。

生き物を殺めることは苦手でしたが、手近にあった大きな木の葉を取ると、無防備にくつろいでいるカエルにかぶせました。すると、わたしから少し離れて体を洗っていた朴さんが異変に気づき「どうした？」と聞いてきました。

わたしが「カエルを捕まえたよ！」と叫ぶと、朴さんは最初びっくりしたようでしたが、わたしが手にしたカエルを見ると、

「そのカエル、売ったら電球が買えるんだよ。あんたは本当に運がいいんだね」

と、感心したように言いました。そしてカエルの足を、拾ってきた木の枝にくくりつけると、あとは自分にまかせるようにと言って持っていきました。そして電球を物々交換してくれ、その夜からまた電球を灯すことができたのです。

また朴さんは、わたしの古くなった履物に気がついてくれ、山での作業や畑仕事に不自由だろうと、新しいものを買ってくれたこともありました。

吉州の村ではいろいろ仕事をしてはいましたが、日本や中国のようにそれが収入になるわけではありません。それでもちゃんと生活ができ、食べるものにもさほど困ってはいませんでしたが、電球や履物のように、どうしてもお金が必要になることもあったのです。

そういうときに助けてくれたのが、朴さんでした。

朴さんは「自分には貯金があるから」と、気にしないよう言ってくれました。わたしはその気持ちをありがたくいただきましたが、どうして貯金があるのかは、平壌にいたときのことと同様、深く聞かないようにしていました。

思い出のチマチョゴリ

そんな朴さんでしたが、村の他の人たちにとっては「けちんぼの変人」で通っていて、けっしてよい人とは見られていなかったのです。わたしと一緒にいると、まったくそんな感じはなかったので、そんな評判が立ってしまう理由がわかりませんでした。

しかしあることをきっかけに、朴さんと村の人たちの考え方や、価値観の違いを知ることができ、北朝鮮での身分を示す言葉である〝成分〟の差を、思い知らされたのです。

ある日、村の婦人会から「党から来客があるので、その日はいちばんきれいな服装で集まるように」という指示がありました。わたしは、そんな指示のことなど気にせずにいたのですが、当日の朝、朴さんが大きな包みを持って訪ねてきました。

「今日は党からのお客さんの日でしょう。これを貸してあげるから、着て出なさいよ」

そう言って朴さんは、包みから上質のチマチョゴリを出して、わたしに見せてくれました。聞けばそれは、何年も前に中国にいる親戚を訪ねていったとき、一度だけ着てそれっきり袖を通してないのだといいます。そして、「自分よりもあんたが着たほうが似合いそうだから、これを着ていちばん前の列に立つんだよ」と言いました。

これが普通の人なら、自分が持っているいちばんきれいな服は、当然自分で着ることでしょう。とはいえそのときは、村一番のけちんぼと評判の朴さんの提案に驚くばかりで、とにかくそのきれいなチマチョゴリを着て、集まりに出かけることになりました。

そして朴さんの考えは大当たりで、その日のわたしは村人の注目を浴び、来客を出迎える列のいちばん前に立つことができました。

わたしは、村人や来客の視線を浴びて少し誇らしい気分になりながらも、心の中ではこの服を着させてくれた、朴さんへの皆の考えをあらためてほしいと思っていました。

ただのけちんぼなら自分の都合のことばかりを考え、わたしに服を貸してくれるなどありません。平壌というエリートの街に住み、そこである程度の地位にあったという朴さんですから、お金の使い方や人との接しかたなど、山村とは違っていて当たり前です。それを見ることもなく、自分たちの考えだけで人を判断することは、心の狭いやりかただと言えるでしょう。

もっとも、そんな〝変人〟の朴さんだからこそ、村の人にはできない判断ができ、それが朝鮮労働党の、村に対する評価をあげることにつながったのでは、とも言えそうです。

「行きなさい」

七月になり、ジャガイモの収穫が始まりました。

その年の春、まだ村にいた三男と植えたままにしていたジャガイモは、掘り返してみると食べごろになっています。それでわたしはお餅を作り、一緒に山に行った朴さんにおすそ分けしました。朴さんはそれを一口食べると「あんたの手には味の素がついてるようだね」と笑いながら、おいしそうに食べてくれました。

ちなみに朴さんは、トウモロコシを機械に入れて挽くと無駄が出て損をすると言って、粒のまま丸ごと炊いて食べていました。こういうところは〝けちんぼ〟という村の評判どおりだったのでしょう。

こうしてジャガイモを収穫するたびに、わたしは塩田から行方をくらました三男のことを思い出していました。本人からはもちろん、党からもなんの音沙汰もなく日々が過ぎていくだけで、心配しようとすればいくらでもできました。しかし、それでは自分の気を病むだけでしたから、とにかく待つしかない、と言い聞かせるしかありませんでした。

ジャガイモの他、少しずつですがトウモロコシも収穫することができました。これは乾燥させて米粒大に挽き、ご飯がわりに炊いて食べるのですが、量が少なく、それにわたしは挽臼を持っていません。ですから、臼のある家の人にお願いして、挽いてもらっていました。

その家のご主人も餓死してしまっていて、その奥さんと娘さんとの二人暮らしでした。奥さんはとても優しい人で、わたしたちがこの村に来たばかりのころ、家の扉をそっと開けて、野菜を置いていってくれた人です。

住む家が決まったことを知らせにいったとき、その奥さんに、挽臼を使ったことがあるかどうか聞かれました。わたしが、映画で見たことがあると答えると、奥さんはお腹を抱えて笑い、そこからわたしたちは打ち解け、親しくしてもらっていました。

その日もわたしは、乾燥させたトウモロコシを持って、その奥さんの家を訪ねました。珍しく娘さんは不在でしたが、奥さんはいつものようにトウモロコシを受け取ると、臼で挽きはじめました。

いつものおしゃべりが珍しく途切れ、少しの沈黙がありましたが、やがて奥さんは口を開くと、いきなり「行きなさい」と独り言のように言いました。

突然の意外な言葉に、わたしが「えっ？」と聞き返すと、

「ここはあなたが住むところじゃない。行きなさい」

とだけ言い、わたしが持っていったトウモロコシを挽き続けています。

わたしは胸に釘を刺されたようになり、なにも答えられなくなってしまいました。そして奥さんから挽き終わったトウモロコシを受け取り、なにも言葉を返せないままその家を後にしました。

三男の失踪

その言葉が、平穏な日々を終わらせる予兆になったのでしょうか、波瀾がいきなりやってきました。わたしの家に保衛部員がやってきて、こう告げたのです。

「あんたの三男が塩田から脱走した。どこに行ったんだ⁉」

その口調は、怒っているように見せようとはしていましたが、あきらかに緊張していました。それはそうでしょう。脱北して追放されてきた家族の長女が帰ってこないうえ、今度は三男が、徴発された塩田から行方をくらましたのです。どんな形であれ、上が納得できる報告をしないことには、その保衛部員は叱責されるだけでは済まないでしょう。

そのとき、実はわたしも驚いたのですが、保衛部員の表情を見て肝が据わりました。

「急にそんなこと言われても知りませんよ。わたしだっていま聞いたばかりでびっくりしているんですから」

「そんなこと言って、とぼけているんじゃないのか⁉　どうせ知っているんだろう、あとが面倒になるんだから、さっさと白状しろ！」

「白状もなにも、知らないものは知りませんよ。大体わたしたちは、逃げたおかげで住んでいた町を追われてこんな山奥まで連れてこられて、いつもあなたに見張られているんです。充分懲りているのに、また同じことができるわけないじゃありませんか。それにあの子は孝行息子ですから、わたしを置いて一人で逃げるわけがありません」

そこまで言われて、保衛部員は返す言葉がなくなったようです。それでもそのまま帰るわけにもいかず、まだなにか言い募ろうとしている保衛部員を押しとどめ、わたしは続けました。

「わたしはあの子を信じています。それにあなただって、立場があるでしょう。とにかくあの子は帰ってきます。それまで待ってあげましょうよ」

保衛部員は、わたしの話を聞いて少し考えていたようですが、

「わかった。それではなにかわかったら、すぐに知らせるように」

と言い残して、出ていきました。なにかわかったらと言われても、電話もなく手紙も検閲されていますから、わたしより先に保衛部が三男の居どころを知るでしょう。なにを白々しいとは思いましたが、さすがにその言葉は呑み込みました。

保衛部員が帰って緊張が解けると、三男のことが心配になりました。あの子のことです

から、戻ってくるに決まっています。ただどこに行ったのか、無事でいるのかだけが、気がかりでした。

とはいえ、心配ばかりしてもいられません。それにわたしが動揺してしまって、村の人たちに心配をかけるのも心外でした。とにかくいつもどおりに暮らしながら、三男の帰りを待つことにしました。

夏に三男の失踪の知らせを聞き、秋の収穫を手伝ううちに冬の声が聞こえはじめ、冬に備えてあれこれ準備をしなければいけない時期になっていました。わたしはその年も、翌年に備えて味噌を仕込むつもりでいました。

三男は脱北の準備をしているのだろう。そう漠然と考えてはいましたが、本当にそうなのかはわかりません。しかしもしまた次の年も、この村にいるのなら、生活のための必要なものを確保しておかなければなりません。

そして同時に、それだけの用意をしていればこの村に住み続けるつもりでいるのだろうと、保衛部に怪しまれることもなくなると考えたのです。実際、味噌の仕込みを見た保衛部員は、安心した顔で立ち去っていきました。

こうしてわたしは、三男と二人分で三十キロの大豆を買って、味噌の仕込みをはじめました。

突然帰ってきた三男

味噌の仕込みで忙しくしていた最中、三男がフラッと帰ってきました。塩田から姿を消して半年が経っていましたが、まるで村の職場から帰ってきたような、いつもと変わらぬ様子にわたしも思わず「おかえり」と言いそうでした。

もちろん、嬉しくないわけがありません。それに突然のことで、驚いてもいました。しかし、ここで感情をあらわにしてしまうとまた、役人や保衛部がうるさいなと思い、とにかく家に入るように言いました。

聞けば三男は、塩田作業をしながら脱北の準備のために情報を集めていたのだといいます。そしてチャンスを見て逃げ出し、一人で中国に行ったのでした。

中国に入ってからは、一緒に帰国して先に脱北していた、わたしの弟の家に身を寄せていたといいます。最初の脱北では、張弟さんしか知らなかったために、いろいろと苦労していましたから、もっと信用できる人を探したいという気持ちもあったと言っていました。最初は脱北の準備だけをして、すぐに帰るつもりだったといいます。しかし、わたしの弟は農家で、三男が行ったときはちょうど収穫の時期に当たり、いくらでも人手が欲しいところでした。ですから、ちょうどいい時期に来てくれたということで、三男はそのままトウモロコシの収穫を手伝うことになったのだそうです。帰ってくるのに半年もかかったのは、そういう理由からでしたが「おかげで脱北の費用も稼ぐことができたよ。日本にいるおじさんに迷惑かけられないからね」と笑っていました。

三男が訪れた先には、最初の脱北のときに長女が住んでいた村で知り合った、北朝鮮出身の男性の家もありました。そのとき、わたしはその男性の年老いたお母さんの世話をしていて、臨終まで看取ることになったのです。そしてその翌日、わたしたちは長女の家から、北朝鮮に拉致されてしまいました。

その男性はそのことをよく覚えてくれていて、突然訪れた三男を喜んで迎えてくれたそうです。そして脱北者であるわたしたちが、満足な礼をする前に目の前から姿を消したことを、いつも気にしていたといいます。

突然ふたたび訪れた三男に、その男性は「大変お世話になったのに、なにもお返しができなくて本当に申し訳なかった」と言いながら、当時の中国では結構な額のお金を渡してくれました。そして、

「北朝鮮に戻ったらこのお金で、かならずお母さんを連れてくるんだ。あそこにずっと住んでようと思っちゃダメだぞ」

と言ってくれたのだそうです。

その言葉と、それに込められた気持ちに、三男は絶対わたしを連れて北朝鮮を出る、という決意を強くしたのでした。

この半年のことを話し終わって、三男は仕込みの最中の味噌を見ながらポツンと言いました。

「オモニ、この味噌に使う大豆、買ってきたんだろう？　どうしてこんなにお金使ったの？ここにずっと住むつもりなの？」

わたしはこの言葉でハッとしました。

たしかにこの村は、居心地のよいところでした。いつも監視されているとはいえ、それは村の役人や保衛部だけで、街場のような住人の相互監視はありません。それに役人たち

の監視も、それほどきついものでもありませんでした。しかも静かで環境がよく、食べ物もおいしい。満ち足りるには遠いとしても、北朝鮮にいてこれほど平穏な生活ができることに、わたしは慣れきっていたのです。

しかし、ここが北朝鮮という、生きるにはあまりに厳しい国であり、ここが追放されてきた村であることに変わりはありません。そう考えると、この村の居心地のよさも、わたしたちを二度と脱北させないために用意されたもののような気がしてきました。

それまでは脱北するすべを持っていませんでしたが、三男のおかげで突然道がひらけました。最初の脱北のころはまだ、優しいけれど体が弱かったはずの末っ子が、いつの間にか身も心も強く、たくましくなっていたことがうれしく、また誇らしくもありました。

追放の地からの脱出

村に戻った三男は職場に復帰し、わたしたちは何事もなかったかのように、この村で二度目の新しい年を迎えました。とはいえ、監視されている身の上ではいくら言いつくろっても、三男が塩田から半年も姿を消したことや、長女が出かけたまま帰らないという事実は消せません。

それに、三男についてもう一つ、心配なこともありました。もう一人のわたしの家族、三男の嫁は、三男が塩田で働いている間に亡くなっていたのです。

三男と嫁は、チャンスを見ては連絡を取り合っていたそうです。そして嫁が、脱北の資金を作るために、中国の家に残してきた家財を売りにいこうとしたということでした。そして国境の川、豆満江を渡るときに洪水に巻き込まれ、命を落としてしまったという話でした。そのことを三男は、塩田で働く仲間から聞いたのだと言っていました。

夫婦の絆で結ばれていただけでなく、脱北まで共にした嫁を亡くしたうえ、死に目に会えなかったのはつらかったでしょう。三男はそのことを口には出しませんでしたが、その気持ちは痛いほど伝わってきました。

それに、豆満江が凍っているうちに渡る必要もありました。前回の脱北では、水が冷たい春先の豆満江を凍えながら渡ったせいで、命の危険まで感じていたのです。もうあのような危険は冒せません。

ですから、川の水が溶けてしまう前に、村を出て国境を越えなければなりません。そしてそのきっかけは、案外簡単にやってきました。

北朝鮮は厳しい統制国家ですが、それだけに抜け穴もたくさん作られています。その中にはソビ車という、お金さえ出せば通行証明書がなくても人や荷物を乗せてくれるトラックがありました。そのソビ車が村を通るという話を聞き、それに乗ることにしたのです。そのため三男は、病院で診てもらうため清津に行くと職場に報告していました。そしてわたしは、その三男と一緒に出かけ、日本に送金依頼の電話をかけることにしていました。北朝鮮では、人民が勝手に外国と連絡することはできません。しかし送金の依頼などは、許されているのです。ですから、前回のときのようにコソコソすることなく、堂々と村を出ることができました。

とはいえ乗り込むのは、無許可で運行するうえ、行く先々で積荷や乗客を積み下ろしする、日本でいうと長距離トラックみたいなものです。村に到着する日付と、おおまかな時間は聞いていましたが、バスのように時刻表どおりにとはいきません。それでもトラックは朝のうちに村に着き、わたしたちの他に食料の買い出しに出る人たちを乗せ、村を出発しました。

　ソビ車の運転手には、言われた額のお金と一緒に、三男が中国で買ってあったタバコを渡しました。北朝鮮では、中国製のタバコが高級品だということは前にも触れましたが、こういうときに役に立ちます。おかげで、運転手によけいな詮索をされることもなく、また検問でも咎められることもありませんでした。

　とはいえこのソビ車は、わたしたちの目的地である清津行きではありません。乗り継ぎの地点まで来て、車を降りたときには、悪路を揺られ続けて具合が悪くなっていたため、少しホッとしたものです。清津行きのソビ車がつかまったのは、その日の夕方で、月のない真っ暗な夜を、トラックはひたすら走り続けました。こうしてほぼ丸一日車に揺られ続け、その日の午後十一時を過ぎて、やっとソビ車は清津に到着したのです。

ふたたび国境へ

　清津には、知り合いの元暴力団員が住んでいました。

北朝鮮で暴力団というと意外でしょう。もともと、北朝鮮には暴力団のようなものはなかったそうです。それが、日本から帰国した若者たちでグレたような人たちが、日本の暴力団をまねた組織を作り、親分格の人の名前をとって○○組というふうに名乗って非合法なことを始めたのだといいます。

そうすると今度は、帰国者の組織をまねた北朝鮮の若者たちが対抗する組を作り、その数はどんどん増えていったということでした。しかし一九六〇年代の終わり、金日成が独裁体制を確実にするために起こした一網打尽《マグチャビ》という大粛清のあおりを受け、金一族に対抗する派閥だけでなく、その当時の暴力団員たちまでもが次々に逮捕され、壊滅状態になったといいます。

その元暴力団員も帰国者で、賭博が原因で逮捕され、わたしが住んでいた会寧から清津に移り住んでいると聞いていたので、その人を頼ることにしたのでした。

久しぶりに、しかも深夜突然に訪問したわたしたちに、その人は少し驚いたようでした。しかしその人は、わたしが一度、脱北に失敗したことは知っています。ですからなぜ三男とともに、こんな時間に清津にいるのかを、あえて聞くことはありませんでした。そこでこちらの事情を話し、会寧行きの列車が出る駅までの案内を頼んだのです。

その人の家で一夜を過ごし、わたしたちは駅へと案内されました。かつて、わたしたちを乗せた帰国船が着いた清津は、そのころから比べると大きな都市に発展していて、港も拡張されて北朝鮮で最大規模になっていました。そのため鉄道の駅も大きく、会寧はもちろん平壌にも通じる路線が敷かれています。

ですから市内の監視も厳しく、その目をくぐり抜けて駅まで行き、会寧行きの列車をつかまえなければなりません。しかし、北朝鮮の裏社会に通じていたその人のおかげで、わたしたちは監視のゆるい場所を通り抜け、保衛部の目を避け、鉄道員に気づかれない場所へと案内されました。そしてホームから離れた、会寧行きの線路まで行く通路を指示して「気をつけて」とだけ言い残し、その人はまた来た通路を引き返していきました。

幸い、会寧行きの線路に列車が止まっていて、そのまわりにはわたしたち以外には誰もいません。それでも、監視員や鉄道員に呼び止められたときのいいわけを考えながら、列車を引く機関車に近づきました。

そしてここでもう一つ、幸運なことがありました。その機関車の運転手が、三男の知り合いだったのです。三男と運転手との打ち解けた会話と、渡した中国製のタバコで、わたしたちは苦労することなく、運転室に乗せてもらって会寧まで行くことができました。

凍結した川を渡って

会寧に着いたわたしたちは、吉州に追放される前にいた妹の家は監視されている可能性が高いと思い、弟の家を訪ねることにしました。そこで国境の様子を見ながら脱出の計画を練り、新月の夜を待ちました。そして話のわかる保衛部員に中国タバコに加え、所持金をすべて渡して、凍結した深夜の豆満江を超え、ふたたび中国へと向かったのです。

深夜の豆満江は、風が吹きさらし、凍りつくような寒さでした。それに、保衛部員を買収して月のない夜を選んでいたとはいえ、川の上を歩くわたしたちは両岸から丸見えで、いつ見つかって射ち殺されるかわかりません。我知らず歩調は早足に、そして小走りになり、枯れ草や氷を踏むわずかな足音を聞くたび歩調をゆるめるの繰り返しで、目の前にあるはずの中国が、はるか遠くにあるような気がしていました。

無限に思われた時間が終わり、中国側の川岸に立ったときには、膝から下の力が抜けたようになりました。しかし川原で一休みしている余裕などありません。急いで土手を登り、こうしてやっと二度目の脱北をすることができたのです。

中国に入ったわたしたちは、前回の脱北で頼った町に入りましたが、張兄さんの家を目指しました。張弟さんが信用できなかったからです。

最初の脱北では、張弟さん以外に頼れる人はいませんでした。しかし中国にいた間の張弟さんのやりかたや態度は、あまりに誠実さに欠けていました。たしかに地方の共産党員にとって、日本に電話をかけるというのは初めてのことでしたから、やりかたを知らなかったのは仕方ないと思います。

しかし、わたしが見てもあきらかに偽造とわかる身分証明書を作ったときには、謝罪の言葉などなく、払ったお金も戻ってはきませんでした。そしてちゃんとした身分証ができたときには、そのことに触れずに追加の料金を、平気で請求してきたのです。

張弟さんは、日本にいるわたしの兄からの送金を、振込み日から金額まで把握していたのですから、よいカモだと思っていたに違いありません。ですから、渡された額が送金額と違っていたのは当たり前で、その他にも理由をつけてはお金をむしり取られていました。抗議したい気持ちはありましたが、自分が弱い立場で、とにかく早く日本に帰らなければという思いで、なんとかそれを押しとどめていたのです。

それに、わたしたちを手助けしたのをきっかけに、張弟さんが脱北者を次々に世話しては、悪どくお金を稼いでいた話を散々聞かされていたので、もう顔も見たくはありませんでした。

張弟さんの住む国境の町は、もともとそれほど仕事があるところではありませんでした。ですから、地元の細々とした仕事以外の稼ぎ口といえば、韓国に出稼ぎに行くくらいしかなく、それすらしていない男たちは、昼間からブラブラしているだけでした。

そんなところへ、飢餓から逃れようと目の前の川を必死で渡ってきた北朝鮮人が、次々とやってくるようになったのです。その町にとって、脱北者が貴重な収入源になり、わたしたちのように日本や中国にツテのない人たちは〝金づる〟というモノ扱いだったのです。

それをわかっていたからこそ、とにかく早く安全な落ち着き場所に行かなければなりません。ですからわたしたちは、張弟さんではなく張兄さんの家に急ぎました。

第七章　中国で待っていたもの

国境の町から牡丹江へ

　張兄さんは吉林省の人なので、もしかしたら国境の町にはもういないかもしれないという心配がありました。しかし幸いなことに、まだその町にいて、わたしたちを迎え入れてくれました。

　張兄さんは、また脱北してきたわたしたちを、張弟さんほどではないにしても、また金のなる木と思ったかもしれません。しかしわたしには、今回は日本にいる兄の助けには頼るまいという決心がありました。前回の失敗した脱北では、兄に大きな負担をかけてしまっています。それに兄は、途絶えがちとはいえ、北朝鮮に残る兄弟姉妹にも送金しています。また同じことで、わたしだけのために兄に苦労をかけ、北朝鮮への送金を滞らせるわけにはいきませんでした。

わたしがそのことを話すと、張兄さんはがっかりしたような顔を見せました。そこでわたしは、「そのかわりに、わたしたちを世話してくれる人を紹介してほしい」とお願いしました。それなら、日本からの送金ほどではありませんが、いくらかは張兄さんの手元に入るはずです。

とにかく、いくらか稼げるとわかった張兄さんは納得して、人探しをするあいだは、わたしと三男を泊めてくれると言ってくれました。しかし日本からの送金があるわけではなく、また先に脱北していた長女が心配だったので、長女の住む家を聞いてそこに移ることにしました。

長女に会い、無事を確認できて一安心でした。とはいえ、長女も身内以外の人のお世話になっているのですから、わたしたちが押しかけるようにしてしまうと、長女に迷惑がかかります。三男は当分、長女の家の畑仕事を手伝うことになっていましたが、わたしにとっては落ち着かない日々が続きました。

そんな日々が続き、わたしは長女にも「生活力がある男性を探してほしい」と頼みました。こうして、黒竜江省の牡丹江に住んでいる、奥さんを亡くして一人暮らしの年金生活の老人を紹介されました。

どういう人なのかは、会ってみなければなりませんでしたが、とにかくそれ以上、長女の負担になりたくありませんでした。それにこの国境の小さな町よりも、日本に帰る手立てが見つかるのではと思い、牡丹江に行くことにしたのです。

出発する日には長女に加え、三男も見送りにきてくれました。しかたがないとはいえ、異郷の地で、また家族が離ればなれになるのはつらいものです。しばしの別れを告げ、子どもたちがそれぞれの場所にまた戻っていくのを見送りながら、わたしはこの子たちのあとを追いたい気持ちを、必死におさえなければなりませんでした。

牡丹江公園で、紹介された老人と
後ろに見えるのが八女群彫像

牡丹江の老人は、中国の水道局にながく勤めて退職した人で、不自由のない老後を過ごしていました。奥さんに先立たれたということでしたが、生前はかなり奥さんにしいたげられていたようで、その恨みをわたしで晴らそうとしているようなふしもあり、最後まで親しみを感じることができませんでした。

その老人は、よほど暇を持て余しているようでした。脱北者のわたしが、故郷の日本に帰るつもりだと言うと「それなら自分も連れていってくれ」と、のんきなことを言います。「日本に行ったらどうするつもりですか」と聞くと「魚でも釣って、売って暮らすさ」と、さらにのんきな答えが返ってきました。

それでも、長女のところにいるよりも安全でしたし、兄に余計な負担をかけることもないと、一安心できました。もっとも、愛情も絆も感じられない男性と一緒に暮らすつらさは、別でしたが……。

三男のあたらしい彼女

牡丹江市は、その名のとおり牡丹江という川に沿ってつくられた大きな街です。街の中心から少し外れたところには川が流れ、長い橋がかかっています。そのそばには、江濱公園という大きな公園があり、真ん中に〝八女投江英烈群像〟という大きな彫像がありました。

この像は、日中戦争のとき、中国共産党の抗日パルチザンの女性兵士八人が、日本の傀儡だった満洲国軍に追い詰められ、牡丹江に身を投げて自決したことを記念して建てられたものだそうです。

像の由来はどうあれ、これが牡丹江市の観光スポットになっていて、市民の憩いの場でもありました。夕方になると大ぜいの家族連れが訪れ、公園内で催されるさまざまな行事を、楽しそうに見ていました。

牡丹江公園で。手前にいるのはわたしの孫

そんな、幸せそうに時をすごしている人たちの姿を見ていると、北朝鮮で命を落とした次男や、三男の嫁、残してきた家族や親戚、そして飢餓に苦しみ嘆《なげ》くたくさんの人たちのことを考えてしまって、胸が締め付けられる思いでした。

それに加え、どうすれば日本に帰れるのか……。はやさばかりで先に進めない焦りを押さえつけながら、一日また一日と、時が過ぎていきました。

そんな不安をまぎらわせてくれたのが、農家が休みの日などに顔を見せてくれた三男でした。そしてこの家にはもう一人、よく遊びにくる背の高い女性がいました。近所のレストランの手伝いをしていて、そこで牡丹江の老人と知り合ったのだということでした。

頻繁に顔を出す三男と、その女性は顔を合わせる機会が多く、自然と付き合うようになりました。嫁の死に目に会えず、その悲しみにひたる間もなく慌ただしく生きてきた三男です。それに、中国に逃れたとたん、生死を共にしてきたわたしと離れなければならなかったことで、なおさら心細かったに違いありません。それに、離れているあいだにわたしだけが日本に発っていたら……ということまで考えていたのかもしれません。

これから日本へ行かなければならないのに……そう思いましたが、三男には心の支えが必要でしたし、なんといっても二人とも若いのです。それに、相手の女性も一人暮らしのようなので、とやかく言わないことにしていました。

聞けばその女性の家は、祖父の代から北朝鮮保衛部の密告者をしているのだそうです。女性はそれがイヤで、中国に逃げてきたのだと言いました。その言葉を信じるかどうかはともかく、わたしにとってはその女性の行動に、妙にひっかかるものを感じていました。それに、日が経つうちに三男と付き合うというより、付きまとっている感じが見え、なんとも怪しく、悪い予感がしはじめました。

そこで、わたしは三男に、その女性とこれ以上会わないように言いました。もともと言うことを聞く子で、その女性のしつこさがうとましく感じはじめていたらしい三男は、その言葉を待っていたかのように、別れてくれましたが……。

脱北の糸口

ちょうどそれと同じころ、日本のNGOの人が、会いにきてくれました。もう八月に入り、いくら寒い牡丹江の街でも、昼間に出歩くと汗ばむ季節になっていたのを覚えています。そのNGOは、わたしのような脱北者を支援している団体ということですが、あまりにうまい話に思え、半信半疑でした。それでも、とにかく話だけでもと思い、指定された事務所まで出かけることになりました。

そこに行くとまず、本当に日本に行きたいのかと、念を押されました。韓国に行くのであれば、定着金をもらえるし、家も就職先も決めてくれるのですが、日本ではなにもしてくれないと言うのです。

しかしわたしの故郷は日本です。脱北したのは、あの国ではもう生きられないと思ったのと同時に、北朝鮮に残した長男に、ちゃんと送金してあげたかったからでした。そしてそれ以上に、生きてふたたび日本の土を踏みたかったからです。

そこでわたしは、自分が帰国者であること、そして日本への帰国を望んでいると言い、NGOの方はそれを日本政府に伝えてくれると、約束してくれました。

わたしがそうしている間に、三男は韓国に行く脱北者を、密かに募集するグループに接触していました。とにかく、わたしたちはここから離れ、身分を安定させたかったのです。

そんな、気が休まらず慌ただしい生活が続いたせいでしょうか、わたしの皮膚に異常が出てきました。水ぶくれができ、痛がゆさと発熱が続いたのです。最初は塗り薬を使うだけだったのですが、夜も昼も一睡もできないほどに症状は悪化しました。そしてついには、病院で点滴を受けても一向に回復せず、寝込むまでになっていたのです。

わたしは、寝込みながらもこんな大切な時に病気になった自分が情けなく、歯がゆくて気が気でないまま、いたずらに時を過ごさなければなりませんでした。

突然の逮捕

わたしの病気は一向に治らず、眠れぬ日が続いていました。その日、三男は友だちと見舞いにきていて、気晴らしの会話で痛みとかゆみをまぎらわしていました。

そこへ突然、男たちが問答無用で家に入ってきたのです。そして、身分証を見せろと言います。男たちは皆、朝鮮語を喋っていました。

また保衛部か。そう思いましたがどうしようもなく、中国で作った身分証を見せました。受け取った男は、身分証の写真とわたしの顔を見比べ、他の男たちに三人とも逮捕しろと命じます。男たちは、三男と友だちに手錠をかけましたが、寝込んでいたわたしには必要なかったのでしょう。抵抗することもできず、うながされて這うようにして家から出され、外で待っていた車に乗せられました。

車が着いたのは、牡丹江の警察署の前でした。わたしたちは警察署内の、日本でいう留置所に入れられました。そこには、わたしたち以外にも脱北者ばかりが捕まっていて、少なくとも言葉が通じるとわかっただけでも安心できたものです。しかし、いくら捕まえた人間とはいえ、歩くこともできないわたしになんの病気かも聞かず、診察も治療もされることなく一夜を過ごさなければなりませんでした。

それでも翌日には、とにかく医者に診せなければということになったらしく、三男と二人で車に乗せられ、牡丹江市内の病院という病院をすべてというくらい、連れまわされました。

そのとき、わたしはずっと囚人服のような、ビニールの服を着せられていました。ですから、悪化している皮膚が暑さで蒸れ、それがビニールに張りついて腫れと痛がゆさがなおさら悪化し、まさに地獄の苦しみでした。

あとになって、わたしの病気は帯状疱疹だと知らされましたが、そのときわたしを病院に連れまわした人たちは、知らなかったようです。しかも、そのあとも治療や薬が出ることもなく、わたしは食欲がないまま、留置所でぐったりしているしかありませんでした。

それではまずいと思ったのかどうか、担当者が二本、点滴を打ってはくれました。なんの点滴なのかは教えてくれませんでしたが、それで病状がよくなるどころか、かえって悪化し、体じゅうがかゆくなってたまらなく、気が狂いそうになるほどでした。

夜どおし苦悶し、眠れないわたしを見かねた若い女性は、部屋の中にあったダンボールを破って、わたしの背中を掻いてくれました。あとでわかったことですが、留置所で点滴されたのは、帯状疱疹にはまったく効果がないブドウ糖だったということです。

拘置所への移送

翌朝、留置所のドアが開いて、係官がわたしの名を呼びました。その他のことは、中国語がわからないので、なにを言っているのかわかりませんでした。昨夜、わたしを介抱してくれた同房の若い女性が言うには「北朝鮮に送還するから出てこい」と言っているということです。

その女性は、わたしにそう告げてから「この人は、病気で自分で動くことさえできないんです。そんな人をいま北朝鮮に送り返したりしたら、死んでしまいます！」と抗議していました。ですが、係官は「上からの命令だ」の一点張りのようでした。

係官に逆らっても、なにもよいことはありません。そう思って房から出る支度をしていると、その女性はついに泣き出してしまいました。わたしを気づかってもらえるのはうれしいのですが、そのときのわたしを、これから自分を襲うだろうことに重ね合わせていたのかもしれません。

「お願いだから泣かないで。人間、誰だって一度は死ぬものなんだから。わたしのことより自分の心配をしなさい。みんなも、元気でがんばってね」

そう言い残して房を出ると、廊下には腕を後ろに回されて手錠をかけられた、三男も出されていました。そこから外に出され、ジープのような車に乗せられたのですが、三男は座らされるなり、ロープで席にがんじがらめに固定され、足枷までされて完全に身動きできない状態にさせられてしまいました。重罪人扱いの、あまりにひどい仕打ちに驚き、病人のわたしも同じようにされるのかと恐れていましたが、後ろの席にもたれかかったままでいることを許され、車は走りはじめました。

早朝に呼び出され、食事が出ることもなく、車は川沿いの道を走りつづけています。間もなく雨が降りはじめましたが、屋根がない車だったので、あっというまに濡れネズミになりました。同乗していた係官が、濡れた体にビニールの合羽を着せてくれましたが、熱気をはらんだ夏の空気と体温、それに湿度とで、前日以上の不快感をあじわい、かえって雨に濡れたほうがよかったくらいでした。

そんな姿で雨の中、痛がゆさや発熱に耐えながら車に揺られつづけていると、どうしてわたしたちがこんなつらい目に遭っているのか、わからなくなってきました。このまま取り調べも裁判も受けることなく、処刑されてしまうかもしれない……。そんな重苦しい気分のまま、一日中車は走りつづけ、夕方ごろになってやっと目的地に着いたようでした。

車から降ろされ、ビニールの合羽をやっと脱がされました。そうされても、病気の症状と不快感に加え、息苦しい状態が重なったせいか、わたしは立っているのもやっとという状態でした。そんなわたしを、手錠をされたまま足枷までされた三男は、黙って傍に来て膝で支えてくれました。

そうしてやっと、自分が拘置所らしい建物の門の前に立たされていて、乗せられてきた車のほか、もう一台が止まっているのに気がつきました。その車には〝朝鮮民主主義人民共和国瀋陽《しんよう》領事館〟と中国語で書いてあります。それで今度も、逮捕したのは中国の公安ではなく、中国に滞在する北朝鮮の工作員で、このまま領事館に引き渡されるに違いないと思いました。

今度こそ終わりだ、また北朝鮮に送還されたら自分だけでなく、家族や親戚もどうなるかわからない……。そう思って気が遠くなりかけたのですが、北朝鮮保衛部の制服を着た人の姿はなく、わたしたちはそのままその施設の中に連行されました。

密告者の正体

建物の中に入れられると、すぐに身体検査を受けました。それから取り調べを受けたのですが、わたしは息切れがひどくて立つことも座ることもできず、床にふせってもがくようにしながら、答えるしかありませんでした。

取調官は朝鮮語で話していましたが、その人からここが吉林省の図們《ともん》市にある脱北者専門の拘置所であることを聞かされました。

図們市は、吉林省の朝鮮族自治区の中にある、豆満江沿いの国境の街です。それだけに脱北者も多く、中には脱北の手助けを商売にしたり、国境をまたいで違法な商売をしたりする者もいたということでした。あまりにその数が多くなったため、中国じゅうの脱北者を集めて北朝鮮に送還するための、専門の拘置所が作られたのだそうです。

それで、取調官の流暢な朝鮮語の理由がわかりましたが、その人が中国の公安なのか、北朝鮮の保衛部なのかまではわかりませんでした。

その取調官は、わたしたちが北の保衛部から、いかに大物扱いされているかを伝えるために、五センチほどもある分厚い書類を出して見せました。「見ていいですか?」と聞くと、首を縦に振ります。そうしてめくっていくうち、最後のほうにわたしの本名、日本人としての名前が書いてありました。

あ、あの女だ!　わたしは心の中で叫びました。牡丹江で三男に付きまとっていた、脱北してきたと言っていたあの女です。

牡丹江で、あの女に誘われて占い師に見てもらったことがあったのです。もちろん、その女を信用していたわけではありません。ですが、中国で明日をも知れない生活をしていると、不安ばかりが募り、ついその誘いに乗ってしまったのです。

占い師のところにいる間、女はずっとわたしの横にいました。そしてその占い師に、本名を知らないと占えないと言われ、わたしは日本にいたときの名前を答えてしまいました。その名前が、いつも使っている朝鮮名ではなかったので、女は「これが本名なんですか？」と念を押してきたのを、思い出したのです。

そのとき以外でわたしは、中国に来て本名――日本の名前を、名乗ったことはありませんでした。その名前までが書類にあるということは、あの女の密告以外にはありえないのです。前回の逮捕も、密告が発端だったと保衛部の取調官から聞いていましたから、二回とも密告で逮捕されてしまったわけです。

そのころは、増え続ける脱北者をどう取り締まるかが、北朝鮮と中国にとって深刻な問題になっていました。そこで、脱北者に脱北者を密告させるというやりかたが、できたのだと聞いたことがあります。

わたしたちのように街で逮捕されたり、救援団体やブローカーの一斉検挙で逮捕されたりした脱北者を再教育する場合もあれば、清津で手引きしてくれた元ヤクザのように、過去に犯罪で逮捕された人を使う場合もあります。そういった人たちを中国の街に潜ませたり、偽のブローカーに仕立て上げたりして、脱北者を次々と逮捕していたのです。

卑怯なやりかたです。しかし、密告者は大抵身内を人質に取られ、命令に逆らうと自分だけでなく人質に取られた家族や親戚までが、処刑されてしまいます。こうして、独裁国家に生きなければならない人たちは、人間らしい感情さえも捨てさせられて生きることを強要されるのです。

わたしたちを密告した女が、果たして強要されたのか、それとも自ら志願したのかはわかりません。ただ牡丹江にあるアリラン食堂に出入りしていたという話は聞いていました。アリラン食堂が北朝鮮の出先機関で、北朝鮮保衛部のアジトになっているのは知っていました。ですからわたしは、その女のことをただ嫌いというだけではなく、普通ではないものを感じてなおさら信用できず、三男と付き合うことに反対していたのです。

そしてその直感に間違いはなく、こうしてわたしと、その女と付き合っていたはずの三男までもが、逮捕されてしまったのです。とても腹立たしいことだったのですが、そんなことを平気でできるその女もまた、人間らしい感情を失った末の密告者だとすれば、なにか哀れにさえ思えてもきました。

取調官の驚き

密告者の女のことを考えながら、書類を見つめていたところで、取調官が声をかけてきました。

「あなた、中国の漢字を知っているんですか?」

そう言われてこの人は、わたしがハングルしか知らないと思って書類を見せたのだな、ということに気づきました。

「はい、少しですけど知っています」

「そうか……出身地は?」

「日本です」

「え!? それでは、いわゆる在日同胞で?」

取調官は、わたしが日本人――帰国者だということに、大層驚いていました。

「ではどうして、わざわざ北朝鮮になんか行ったんですか⁉　中国では、なんとしても日本に行きたくても、簡単に行けない人がたくさんいるんですよ。それなのにあなたは、わざわざ北朝鮮なんかに行って、しかもこうして逮捕されて病気になっても尋問されている。どうしてそんなことしたんですか⁉」

取調官の口調は最後、あきれたようになっていました。

「それは……まだわたしが子どもで、親が行くというので、ついていっただけです……」

病状が一向によくならないまま、丸一日車に揺られ続けて疲れきっていたせいで、そこまで答えるのがやっとでした。そのあともいろいろ聞かれたのですが、何をどう答えたのか、まったく記憶がありません。

それから監獄に連れていかれたのですが、そのとき初めて、この建物が北朝鮮では見たことがないほど、大きく立派なことに気づきました。これはあとで聞いた話ですが、この拘置所は捕まえた脱北者を収容するために、北朝鮮と中国が共同で作ったのだそうです。それにしても、こんなきれいで立派な建物を、北朝鮮では見たことがありません。それがとても不思議に思えました。

連れていかれたのは、二階の一番隅にある部屋でした。そこは独房で、誰もいない広い部屋に水道の蛇口と簡単な水受け、トイレがあるだけで、寝具は床に敷かれ、その上に毛布と囚人服――といってもチョッキだけですが――があるだけでした。

雑居房でなかったのが意外でしたが、わたしが日本からの帰国者では初の脱北者で、しかもその首謀者とされていたため、他の脱北者への影響を恐れて独房にしたのだということでした。

ドアが閉められて一人になり、毛布を広げてとにかく横になろうとしました。そう思って一旦寝具に腰を下ろし、また立ち上がったところで、急に胸がむかむかしてきました。水が飲みたかったのですが、独房では頼める人はなく、蛇口はあってもコップがありません。

それでもと思い、蛇口に近づくと水が出た痕跡も気配もなく、蛇口をひねっても当然、水は一滴も出てきません。

切羽詰まってドアを叩き、看守を呼ぼうとしましたが、今度は声を出せません。仕方なくしばらくドアを叩いていると、やっと看守が来ました。ドアの小窓の鉄格子の外側がガラス張りだったので、わたしはそこにわたしは指で漢字の「水」を書きました。すると看守はそっけなく中国語で「メーヨ（無い）」とだけ答え、すぐに立ち去ってしまいました。

とにかく水が飲みたくて、まだ見ていなかったトイレまで這うようにして歩き、意を決して蓋を開けました。なんであろうとそこに水分があれば、飲まなければとまで思いつめていたのです。しかしそこも乾ききっていて、水分など一滴もありませんでした。

しかも、トイレの底を覗き込もうと腰をかがめたとき、急に吐き気に襲われました。そのまま便器につかまり口を開けると、からっぽだったはずのお腹からなにかが出てきたのです。それはチョコレート色のこんにゃくのような塊で、指二本分くらいの大きさでした。

自分では意識していませんでしたが、空腹になっていたところで丸一日ビニールに包まれたせいで、体の中に溜まっていた毒が出てきたに違いない……。そんなことをぼうっとした頭で考えていました。

それが出てきてしまうと、それまで苦しかった息が、急に楽になってきました。それとともに猛烈な眠気に襲われ、寝具までやっと這っていくと、毛布をかぶってそのまま気絶したようにして、眠りにつきました。

第八章　図們の拘置所で

獄中での闘病

ドアを叩く音で、眠りから覚めました。図們の拘置所での、初めての朝です。朝食の時間で、ドアの前に行くとお盆にプラスティックの食器が二つ、並べられていました。一つには山盛りのごはんが、もう一つには煮物のような、汁気のあるおかずが盛られています。まだ食欲がなかったわたしは、おかずにだけ口をつけ、ごはんはゴミ箱に捨ててしまいました。

その日は、取り調べがないまま過ぎようとしていましたが、夕方になるとまた病気が悪化しはじめ、猛烈なかゆみに襲われました。そうやって一晩じゅう体をかき、朝日が射すころになると止まる、という繰り返しがおよそ一ヶ月も続きました。そのあいだに、何度か取り調べで呼び出されましたが、ある日を境にそれも、ピタリと止んでしまいました。

変化にとぼしい拘置所の中で、変わったことといえば、食事と体調についてです。ある日の夕食に、ニンニクの醤油漬けが出てきました。それも、結構な量です。わたしのいる独房が一番隅の部屋だったため、他の部屋に配ったあとの余りが、全部わたしに回ってくるようでした。

その醤油漬けのニンニクは皮ごとで、味付けには酢が使われています。それで、もしかしたらと思い、むいた皮を体に塗ってみました。すると気のせいか、かゆみが少しだけ楽になったようでした。しかもその醤油漬けは、毎日のように出るようになったのです。それ以来、億劫だった食事が待ち遠しくなりました。

塗り薬がわりの酢と、ニンニクが効いたのでしょうか、だるさやかゆみが治るとともに、水っぽかった皮膚も乾きはじめ、元に戻りはじめていました。

逮捕される前、牡丹江の医者に、体のブッブツが目まできたら失明すると言われ、耳まで上がってきたときには、死ぬことさえ覚悟していました。しかし、三男のことを考えると、ここで死ぬわけにはいきません。それに大体、わたしたちは脱北こそしましたが、他にはなにも悪いことなどしていないのです。だからこんなところで死ぬわけがない。徐々に体が回復するにつれ、そういう自信が湧いてきたのです。

そのときになって、この拘置所に来てから食事はおかずだけ食べていて、ごはんにはまったく手をつけていないことに気づきました。そのおかずも、食べられそうなもののときだけ口をつけていただけで、あとは水の出る独房に移されてから、水を飲んでいただけでした。それでも生きていて、病気がよくなりかけていた自分のしぶとさを、あらためて感じていました。

こんな生活がおよそ二ヶ月続きましたが、一口もごはんを食べなくても死ぬような空腹を感じたことがなく、あらためて自分の生命力の強さを感じたものでした。

こうやって体が楽になってきて、やっと独房の寂しさを感じられるようになりました。しかし当然、話し相手などいません。それを紛らわせるため、日本で通っていた中学校の校歌を歌いはじめました。吉州から逃げたときも、山奥の雪道を歩きながらこの歌を歌っていました。

自分を奮い立たせるため、大きな声で歌いはじめたのですが、途中の歌詞「最後の強く正しくひとすじに／行くに妨げあるべしや」のところにくると、元気が出ると同時に涙も止まらなくなってしまいました。

それからは気分を切り替え、朝目覚めると、食器に水道の水をなみなみと汲み、朝日に向かって祈ることを始めました。

「お父さん、なぜわたしを北朝鮮に連れていったのですか？　いま三男が、あなたの孫が死ぬ目に遭っています。どうかこの子を助けてあげてください」

毎朝、朝日に向かってそう祈るたびに、涙を止めることができませんでした。そして亡くなった次男にも「どうか、あなたの弟を助けてあげてください、お願いします」と祈りました。

拘置所で見た地獄

そんなことの繰り返しが続いていたある日、なにか異様な気配があることに気づきました。それはわたしがいる二階ではなく、下の階からだったようで、窓からそちらを覗いてみました。

するとそこには、捕まえられた若い女性たちが、一列に立たされて、男性の係官たちに服を脱がされているところでした。そして若い係官たちは、女性の下着までも脱がせて、それを検査するようにしていました。

なんてことを……。絶句したまま呆然とその地獄を見ていると、いきなり外からカーテンを閉められてしまいました。

それまでわたしは、独房の外の出来事には一切、関心がありませんでした。しかし、そのあまりに非道な収容者への仕打ちを見て、身震いがしたものです。それから、わたしはできるかぎり、外の様子に気をくばるようにしていました。

そうしてみると何日かに一度、収容した脱北者を北朝鮮に送還していることに、気がつきました。この拘置所がある図們市は、豆満江にかかる橋を渡るとすぐ北朝鮮です。中国内で捕まえた脱北者を集め、送還するにはこれ以上ない、好都合の場所でした。

それに気づくと、外で行なわれていることが急に他人事ではないことに思い至り、いつ自分が送還されるのかと、居ても立ってもいられなくなりました。一度目の脱北で捕まり、釈放されるときに「二度目はないぞ」と言われていましたから、不安というより恐怖さえ感じていました。

送還の恐怖にさいなまれ続けていたある日、珍しく看守がドアを叩きました。ついにわたしも……その予感に恐々《こわごわ》行ってみると、看守は小指大に丸められたものを独房に投げ入れ「你鬼子《ニーアルズ》（おまえの子ども）」と言い捨てて立ち去りました。

三男から……？　それは紙に書かれたメモで、わたしは急いで広げて見ました。それには三男の字で小さく、

「今度は自分たちが送られることになりそうだ。早く担当に会って手を打ってください」

と書かれていました。

三男は、危険を承知で看守に話を通し、これをわたしに送ってくれたのです。そこまでして母親を信じ、書いたものを送ってくれたことに胸が熱くなり、感激しました。三男のこの信頼に絶対応えなければならない。そう思って一睡もせずに独房の中をぐるぐる歩き回りながら「なにかよい方法はないか」と考え続けました。

そうして決心がついた翌朝、わたしは三男からのメモを届けてくれた看守に、朝鮮族の看守長を呼んでくれと、中国語で頼みました。

わたしは、それほど中国語が話せるわけではありません。この拘置所に来てからは一度も、中国語を話したことがありませんでした。それが、ここが土壇場という思いで絞り出した言葉が通じたようで、わたしがお願いした看守長を呼んできてくれたのです。そこで看守長に「わたしの担当者に会わせてください」とお願いしました。

看守長が立ち去り、しばらくして戻ってくると、独房から出てくるように言われました。その後をついて取調室に入ると、最初にわたしに会った取調官が、座って待っていました。

突然の報せ

看守長がそれを確かめて退出し、ドアを閉めるとその取調官が、すぐに話しはじめました。

「あなたは、北朝鮮に送還する対象ではないから、今までここに置いていたんだ。ひょっとすると、日本に行くことになるかもしれない」

あまりに突然の話で、仰天することしかできず、すぐに返事ができなかったような気がします。

「……本当ですか？」

そう言うのがやっとだったほどです。

「そうだ。ただ、もし日本に行くとなったら、あなたの子どもも行ける。ただし、牡丹江で一緒に住んでいた男性は行けないが」

「それはわかっています。でも、一緒に捕まった息子も、行くことができるんですか⁉」

おうむ返しで間の抜けた聞きかたとは思いましたが、念を押さずにはいられませんでした。

「だから、子どもは一緒に行けると言っただろう。とにかく心配しないで、ここでじっとしてなさい。そんなことより、体の具合はどうなんですか？　さっきからすごい匂いがしているが……」

「すみません。食事で出されているニンニクが、わたしを助けてくれたんです。もう大丈夫です」

ニンニクを食べるだけでなく、塗り薬がわりにもしていましたが、人に会うことがなく、しかも不安や恐怖のおかげで、匂いのことなど全然気にしていませんでした。

そんなことより、あまりの嬉しさに気が遠くなりそうでした。このことを早く三男に伝えたいとばかり考え、取調官の話が耳に入らなくなったほどです。

「それと、あなたはこれから雑居房に移すことになった。これ以上、独房にいると精神状態が悪くなる心配があるということで、そういう決定になったから」

独房から雑居房へ

その話を聞いたのは、十月の初めでした。図們のある中国の東北部は、このころになると急に寒くなります。ですから、夏に着の身着のままで捕まったわたしは、部屋の中の薄手の毛布だけでは足りず、あまりの寒さにがたがた震えて独房の中を一晩中、歩き回って体を暖める以外にありませんでした。

このままでは凍死してしまう。そう思ってまた看守長を呼んでもらい、寒くて死にそうだと訴えました。すると布団が差し入れられ、やっと体を暖めることができて、ようやくぐっすり眠ることができました。

雑居房への移動は、その翌日でした。看守から、荷物を持って独房を出るように言われ、毛布と布団を持ってそれまでいた独房の、隣の部屋に入れられました。

そこには女性ばかりが十二人ほどと、四、五歳くらいの女の子がいました。わたしが、独房から移されたことはすぐにわかったらしく、布団を珍しがりながら「独房にいた方ですか」と一斉に聞いてきます。わたしがそれまでのいきさつを話し、もう病気も治っていると伝えると「よくがんばったわね」「寂しかったでしょう」と、いたわりの言葉をかけてくれました。それもうれしかったですが、なによりも三ヶ月ぶりに、じかに人と接することができたのが、最高にうれしいことでした。

夕食の時間が終わると「今夜は一人でがんばってきたおばさんのために、娯楽会をしよう」ということになり、一人が歌い始めました。その輪はどんどん広がり、部屋にいた人が一人ずつ歌っていきました。わたしは『北国の春』を、日本語で歌いました。この歌は、北朝鮮でも中国でもおなじみでしたが、日本語で歌われたのを聴くのは皆にとっては初めてで、とても喜んでくれました。

拘置所でこういうことをするのは違反なのでしょうが、看守も見て見ぬふりをしてくれたようです。ですからその日の夜、同じ部屋の人たちは、自分が拘置所にいることなど忘れて笑い話をしたり、歌ったり踊ったりして楽しみました。

そんなわたしを見て、皆は「こんな人が、よく今まで一人で我慢していられたものだ」と感心していました。わたしはそれに「でも三ヶ月くらいずっと、人恋しくて気が狂いそうになっていたんだよ」と言うと、急にしんみりとしてしまったものです。

それから何日かして、拘置所内を清掃させるために、中国語ができる収容者が呼び出されました。わたしはその中の一人に、ここの部屋の担当者に会わせてくれるように頼みました。清掃作業が終わり、部屋に帰ってきたその人は、看守にその話を伝えたと言ってくれ、こう尋ねてきました。

「おばさん、なにか私たちとは違った事情があるの？」

「実はね、わたしと一緒に息子が捕まっているのよ。だからいま、どうしているのか知りたくてね」

そんな話をしていると、部屋の鍵が開く音が聞こえ、看守に呼び出されました。ついていくと、それまでとは違う、色白で優しそうな朝鮮族の担当者が待っていました。

「もう知っているとおり、ここには三ヶ月以上いる人はいません。原則としては北朝鮮に送還されるんですが、あなたたち親子は日本に行くことが決定しました」

〝かもしれない〟が〝決定〟になったことで安心できたわたしは、そのとき一番肝心だったことを聞きました。

「でしたら、このことをすぐに息子に知らせたいんです。会わせてもらえますか」

担当者はちょっと考え込みましたが、看守に命じて三男を呼びにやりました。連れてこられた三男は、わたしがいるのを見て驚いています。そんな三男に「わたしたちは日本に行くことになったんだよ」と言うと、狐につままれたような顔をして、戸惑っているようでした。限られた時間でしたから「もう心配はいらないんだから、ちゃんとごはんをたべて、元気にしていなさい」と言い残し、わたしたちはそれぞれの部屋に戻されました。

拘置所でできた友だち

それからまた何日かして、あたらしい収監者が何人か入ってきました。そのうち、五十代らしい人がわたしに「あなた、帰国者?」と聞いてきました。わたしが「そうだけど、どうして?」と尋ねると「わたしも帰国者なんですよ」と言います。

その人の朝鮮語には、わたしのように日本語訛りがありませんでした。大抵の帰国者は、わたしのように日本語訛りが言葉に残ってしまいます。だからその人もわたしが帰国者だとわかったのでしょうが、その人にはまったく訛りがありませんでしたから、どういうことだろうと思い、わたしはしばらく様子をみていました。

それからまたあたらしい収監者が入り、歓迎でまた歌う機会があったのですが、その人の歌い方で、たしかに帰国者だということがわかりました。帰国者は、同じ歌でも日本の流行歌のように歌うので、すぐにわかるのです。それからすぐに仲良しになり、いろいろな話をすることができました。

その人は、六歳のときに帰国したのだそうです。ですから日本語は、少しは聞き取れますが、話すことはできないとのことでした。また、その人も日本に親戚がいて、生活には不自由がなかったと言います。

しかし、帰国者同士で結婚したそうですが、仲が悪く、どうしても好きになれずに顔も見たくなくなって、中国に逃げてきたのだと言っていました。そして韓国に行く予定で延吉の駅にいたところを、捕まったらしいのです。どうやらそれも、密告者のせいだったようです。

しかし結局、その人も三ヶ月ほどで送還されてしまいました。せっかく生活を共にして、仲良くなっても、こうしてすぐに送還されてしまうのです。これも、北朝鮮という国に生まれ、あるいは帰国してしまった者としての運命にまかせるしかないのだなと、あきらめるしかありませんでした。

いがみあう脱北者

こうして、雑居房には誰もいなくなってしまい、一人だけ残されたわたしは、他の部屋に移されることになりました。あたらしい部屋には、いままで一緒にいたのとはまた違ったタイプの人たちが十五人、収容されていました。

その人たちのほとんどは、韓国に逃げようとするところを捕まった人たちでした。しかも捕まったうち、見込みがあると判断された何人かは密告者として、外に出ることを許されているのだと聞きました。密告者として訓練された人たちは、街で韓国行きのグループを作って脱北者を集めて中国の公安に連絡し、出発する間際に一斉逮捕させるのだといいます。

ですから、逮捕された脱北者たちは、だれが裏切り者なのか、すぐに気がつきます。そしてこの拘置所で、その裏切り者が自分と同じ脱北者だとわかり、ときにつかみ合いの喧嘩になりそうになるとも聞きました。しかも、逮捕させる手柄をたてた密告者は、褒美として釈放されるのだといいます。

北朝鮮と中国は、こういう卑怯なやり方で脱北者狩りを行ない、お互いを憎み合うように仕向けて、自分たちのやり方から目をそむけさせていたのです。

あたらしく移された部屋の収容者の中に、十二歳くらいの女の子がいました。母親と一緒ではないので、不審に思って聞いてみると、母親のことを聞かせてくれたのです。その子の母親は、密告者として外に出され、そのまま逃げたのだと言います。

外に出される前、その子の母親は、

「お母さんは密告者として外に出されるけど、そんな汚い手で助かりたくはないの。お母さんは機会をみつけてかならず逃げるけど、あなたはまだ子どもだから、北に送り返されてもすぐに釈放されます。だから隙をみつけてまた逃げてきなさい。お母さんは、あなたがまた逃げてくるまで、ずっとこの中国で待っているからね、必ず逃げるのよ」

そう泣きながら言ったのだそうです。

この子の母親のように、良心的な密告者もいれば、公安の要求どおり何人もの脱北者をだます人もいます。前の雑居房にいた人たちの何人かは、そうした密告者によって捕まったのだと聞きました。

この拘置所で、捕まっている人たちの話を聞いていると、追い詰められた人間が生きていく道とはなんだろう、と考えるようになりました。いやおうなく選択を迫られ、しかも人としての道を捨てて獣になる以外に、道は残されていない。そうなったとき、人間はなんでもしてしまうものなのでしょうか。

もちろんわたしも、その中の一人です。だからこそ、獣になってはならない。わたしは心の中で、いま一度そう自分を戒めました。

片付けられた雑居房

あらためて自分の決心が固まると、今度は自分のいる雑居房の乱れぶりが、気になりだしました。すさんだ生活は、人の心まですさんだものにしてしまいます。身をもってそれを知っていたわたしは、日本にいつ帰ることができるのか知らされていない以上、ここでの生活を無事に過ごすことはできないと思いました。

それに、ここできちんとした生活をすることで、北朝鮮に送還される人たちの心も、少しは人間らしいものになってくれるでしょう。そう考えて、わたしはここの生活に、一定のルールを作るようにしました。

まず、起床したら寝具を畳むことから始め、掃除当番を決めてわたしがチェックし、ちゃんと掃除されていないと、やり直すようにしました。食事が終わったら、食器を返すまえにきれいに洗って整頓させ、汲み置きの飲料水はこまめに替えて、いつもきれいにします。それに、娯楽会をやりたいときはわたしに一言、声をかけるようにしてもらいました。こういったことは、習慣がない人には抵抗がありましたが、そうすることで気持ちよく暮らせるのだと、粘り強く説明しました。

もしわたしの作ったルールに不服なら、他の部屋に移ってもらうようにも言いました。そのかわり、病人が出たり、喧嘩や事故が起こったりしたときは、わたしから担当に話して医者や薬の都合をつけ、解決することを約束したのです。

実際、食事のときに出された食器が不潔だったり、食べるものにゴミなどが混じっていたりすることが何度もあり、そのたびに担当に言って、替えてもらいました。それに食中毒が起きたときには、薬とトイレットペーパーをもらい、副所長からわたしが配るように指示されました。こうしたことがあってから、同じ部屋の人たちはわたしを信用するようになり、まとまりを見せるようになったのです。

副所長が、そんなわたしたちの雑居房の前を、通りかかったときです。副所長はわたしを呼んで話しかけました。

「この拘置所の中で、この雑居房がいちばん片付いているよ。おばさんのおかげだね。これからもよろしく頼みますよ。もし言うことを聞かない人がいたら、わたしに言ってくださいね」

副所長は、やけにていねいな口調でそう言いました。その言葉は、うれしいものではありましたが、権力がある人の、嵩《かさ》にかかった感じがありました。

「でもね、副所長さん、ここの人たちは、かわいそうな人たちなんですよ。親のいない浮浪児なんですから」

わたしの話を聞いた副所長は、ちょっと不思議そうな顔をして、そのまま立ち去りました。副所長が、わたしの言った〝浮浪児〟という言葉を、どう受け取ったかはわかりません。

わたしは、この拘置所にいる人たちは、自分たちを守ってくれる親のいない、浮浪児そのものだと思っていました。わたしをはじめ、脱北しなければならなかった人たちは、虐待される子どものように、国家という親から見放され、虐待された末に、逃げ出さなければならなかったのです。わたしたちは、守ってくれる国も政府もない、脱北者という名の浮浪児なのだと、つくづく思っていました。

運命に翻弄された女性たち

副所長に信頼されてしまったせいか、拘置所がどう対応してよいのかわからないような人が、わたしのいる雑居房に時々、入ってきました。

その人は、部屋に入ってきただけで、様子がおかしいとわかりました。小さな枕のようなものを、大事そうにかかえているのですが、よく見るとそれはタオルを丸めたものだったのです。

一緒に部屋に入ってきた人の話によると、この人は北朝鮮に子どもを残し、出稼ぎで中国に来たところを捕まり、一度は送還されたのだそうです。しかしそのあいだに、人に託したはずの子どもたちは、誰の世話になることもなく、死んでしまったのだということでした。こうして北朝鮮で生きる希望を失い、頼る先もなくなったこの人は、ふたたび中国に逃げてきたのだといいます。

そのあと、漢族の男性と結婚して家に入ったのですが、それでも亡くなった子どものことが忘れられず、思いつめた末に、心が壊れてしまったのでした。それで先に待っている子どもたちに会いにいこうとしたのか、家に火を放ったところを捕まり、この拘置所に来たということでした。それ以来この人は、丸めたタオルを亡くした子どもだと思って、肌身離さず抱いているのだろう、ということでした。

たしかに、この人が正気を失っているのは、目でわかりました。そして、壁にもたれてタオルに顔を寄せ、あやしているかと思うと部屋の真ん中に出て、大声で歌ったり叫んだりし続け、声がかれてもやめようとしません。他にも正気を失った人が何人かいましたが、ここまで大変な人は他にいませんでした。

さすがにこれでは、わたしにはどうすることもできません。騒ぎを聞きつけてきた副所長が、その様子を目の当たりにし、わたしの話を聞いて、この人を隣の部屋に移しました。これでこの部屋は静かになりましたが、騒ぎが隣に移っただけです。

そして夜中には、それまでとは違った悲痛な絶叫が隣から聞こえ、やがてまた大騒ぎになりました。後で聞いた話では、その日の夜、隣の部屋にいる人たち全員が、眠っているこの人をバケツで殴り続けたのだそうです。この騒ぎは一晩中続き、朝早くにこの人が部屋から連れ出されていくのが見えました。

脱北者にはそれぞれ事情がありますが、ほぼすべての人が、追い詰められた末の決断だったはずです。それだけでも、じゅうぶんストレスがかかっている状態で、失敗して逮捕されると、そのストレスはさらに高まってしまいます。

この人のように、子どもたちを置いて中国に渡り、お金を稼いで帰るつもりでいる女性は、たくさんいました。しかし川を渡ってなんとか中国に入れても、たいして仕事はなく、できることといえば体を売ることとくらいでした。機会にめぐまれていれば、農家の男性と結婚することもできますが、それでも仕送りするどころか、満足な収入を得ることさえできないのです。

そうして時間ばかりが過ぎていくうち、北朝鮮に置いてきた子どもたちは飢えて、死んでしまう……。この人のような話は、収容された何人もの人たちから聞きました。

こんなつらい目に遭った人たちにとって、正気を失える人が、うらやましく思えていたのかもしれません。正気を失うことさえ許されないとは……。この拘置所はもちろん、北朝鮮、そして中国の残酷さと、それにもてあそばれることの悲しさで、胸が引き裂かれる思いでした。

意外な人の消息

拘置所では、こんな悲惨な話ばかりではありません。ある時期の同じ部屋に、とてもきれいな顔立ちの娘さんが入ってきました。その娘さんは、北朝鮮にいたころ、暴力団の集まりに呼ばれ、歌ったり踊りを見せたりしていたのだと言いました。

その話を聞いて、わたしはそれ以前に雑居房にいた、ある女性の身の上話を思い出しました。その女性は、北朝鮮の暴力団の親分の、愛人だったと言ったのです。

北朝鮮の暴力団は、一網打尽《マグチャビ》——一斉検挙で壊滅し、その一部が国家に奉仕するために生き残ったというお話は、先に記したとおりです。清津でわたしがお世話になったのは、そのうちの一人だったのですが、それとは別の元親分が、国家の命令で中国に拠点をかまえて違法に稼ぎ、北朝鮮に送金していたのだといいます。そしてその女性は、脱北した後、その元親分と出会い、一緒に暮らしていたと言っていたのを思い出したのです。

そうやって国家に監視されながら、元親分は表に出せない、さまざまなことをやらされていたようです。いくら愛人とはいえ、もし知ってしまえば命の危険があったのでしょう、親分から詳しいことはなにも聞かされなかったと言います。それでも、その女性は少しでも元親分のためになればと、自分でもお金を稼いでは、渡していたと言いました。

やがて、元親分は北朝鮮から、帰国命令を受けました。その女性も誘われたのですが、自分は韓国に行きたいからと、断ったと言います。こうして二人は別れることになったのですが、その元親分は「もし韓国にいく途中に捕まって、北朝鮮に送り返されそうになったら、保衛部の連中に俺の名を言え。俺の名を知らないやつはいないから、絶対助けにいってやる」と言い残したのだそうです。

そしてその女性は、そのとき初めて元親分の本名を知ったのだと言いました。その話を聞いたわたしは心を動かされ「それは大変だったのね。わたしはなにもできないけど、日本にいる兄なら、もしかすると助けられることがあるかもしれない」と、兄の電話番号を教えました。

わたしが日本に帰ってから何年か後、その女性から兄の家に電話があったといいます。すれちがいでわたしから連絡できず、それっきりになっていましたが、韓国からの電話だと言っていたということでした。それを聞いて、望みどおり韓国に行けたことだけはわかったので、うれしかったのを覚えています。

……娘さんの話を聞いて、そんなことを思い出していました。そこで、その女性が言っていた元親分の名前を出して「知っている?」と聞いてみました。するとその娘さんはびっくりして「おばさん、なんでその名前を知っているの?」と聞き返されました。

それは、その娘さんを呼んでいた元親分で、通名を知っている人は多いけど、本名を知っている人はわずかだというのです。わたしは「それこそ秘密よ」とごまかしましたが、その元親分も健在で、人を使い捨てにするばかりで、守ってくれない国でたくましく生きているのを知って、安心したものです。

たしかに暴力団は、ほめられるようなものではありません。しかし、そうだというだけで子分たちを皆殺しにされ、国家の勝手な都合で一人だけ生かされ、家族を人質に取られながら、汚いことを請け負わされている人もいるのです。

それもまた、生き残るために必要なことだったのでしょうから、それを責める気にはなれませんでした。そして、すぐに送還されてしまったあの娘さんが、その後も元親分のところで、北朝鮮では違法になっているアメリカの歌や踊りを見せているのか、気になってしまうのでした。

吉州を思い出して

そういうふうにして、わたしがこの拘置所にいる間に、さまざまな生き方をしてきたたくさんの人が連れてこられては、送還されていきました。中には、わたしとそりが合わず、反発していた人もいましたが、出ていくときには皆、頭を下げて挨拶をしてくれました。

拘置所を出ていく人たちに、わたしはいつも同じ言葉で見送りました。

「どんなことがあっても、人の告げ口をしないで、希望を持って生き抜くんだよ」

どんな生き方をして、どんな将来が待っていたとしても、わたしたちは朝鮮民族として生まれた運命を、背負って生き抜かなければなりません。そしてそのため、ときには法にも正義感にも、良心にもそむく必要も出てきます。

しかしそんな運命だからこそ、親子の絆だけにはそむけないものです。正気を失うほどに我が子を思いながら、心を引き裂かれたまま生きなければならない女性たちを見ると、とても他人事とは思えないのでした。

体が弱いから近くに置いておかねばと、一緒に連れて脱北した三男も、月日と経験を重ねて一人前になっていました。その三男と、日本に帰る日を心待ちにしながらも、雨が降るたびに思い出すことがありました。

それは、一度目の脱北に失敗し、追放されて行った吉州の村で、引っ越して住んでいた家のことでした。

屋根瓦がなく、開いた穴から星空が見えたのはよかったのですが、それはあくまで晴れた日だけのことです。さいわい、引っ越してしばらくはよい天気が続き、その間に三男は塩田作業に旅立ち、わたしは一人でその家に住んでいました。

そしてある日の夜、ついに雨、しかも豪雨が始まったのです。

激しい雨音に目覚めたわたしは、家のあちこちで雨漏りしているのに気づきました。急いで食器を置いてはみましたが、どれもすぐいっぱいになってしまいます。それに大切な布団を濡らしてしまっては一大事なので、人からもらった古タンスにしまい込みました。

そうしているあいだにも、豪雨は一向に止む気配はなく、むしろどんどん激しくなって、雨漏りの量と場所が増えていきます。そのため、わたしは足を伸ばすこともできなくなり、うずくまるしかなくなっていきました。

そしてついに、食器に溜まった水を捨てても、すぐいっぱいになるようになり、まったく役に立たなくなってしまったのです。こうなったらもう、傘があればさしたほうが役に立つのに……そう思って、自分がこの家で傘をさしているところを想像したら、急に可笑しくなってきてしまいました。

そうやって、ばかみたいな自分を想像して一人笑いながら、こういうときに三男が留守だったことを、嬉しく思っていました。息子にこんなことは味わわせたくはありません。こういった難事を、子どもたちに背負わせることなく、自分一人で引き受けられることに、わたしは幸せを感じていたのです。

そうしているあいだに空が白みはじめ、それにつれてやっと、雨足は弱まっていきました。そうして止んだのをたしかめると、一睡もできなかったわたしは、玄関の戸を開けてびっくりしました。土間は湖水のように透きとおった水で満たされていて、置いてあったものがぜんぶ水に浮かび、ぷかぷかと踊るようにして居場所をさがしていたのです。

それを見ながらわたしは、本や写真で見ていたヴェニスを思い浮かべました。水に浮かぶ桶をゴンドラに見立て、人や荷物を乗せて橋をくぐり抜ける風景が目に浮かんでくるようで、また楽しい気分になって、裸足で水に足を漬けました。そして水がくるぶしのところまであったことで、我に返りました。あと二センチ水が増えていれば、家の中まで水が押し寄せるところだったのです。

急いで洗面器で水をかき出し、土間の床が見えるようになるまでに、しばらくかかりました。必死でやっていたのですが、気がつくと昔、シャンソン歌手の石井好子が歌っていた『ゴンドラの歌』を口ずさんでいました。

そのとき、ちょうど三男の職場の同僚たちが見回りに来ていました。一人暮らしのわたしを心配して来てくれたのですが、家の中から楽しそうな歌声が聞こえてきたのにびっくりして、開け放した玄関口に呆然と立っていたのです。それに気がつき、わたしから声をかけると、やっと我に返ったようでした。

本当の社会主義

三男の同僚たちは挨拶を返すと、水浸しになったわたしの家の中を見ながら、この家のことを教えてくれました。それによると、わたしの前に住んでいた人がその村から引っ越したあとで、隣の人が瓦を勝手に自分の家に持っていったのではないか、ということでした。そして、わたしが目をつけるまではずっと空き家だったので、誰もなにも言わなかったのだろうと、付け加えました。

家の中の整理が一段落ついたところで、わたしは家の近くを流れる川に、洗い物をしにいきました。雨が止んでしばらく経っていたせいか、川の水はそれまで見たことがないほど澄んでいて、これにもわたしは驚いてしまいました。

いつもこの川には、山にたき木を取りにいった帰り、顔や体を洗いに寄っていたのですが、そのときにはこれほどきれいな流れではありませんでした。それが前夜の豪雨で、川床の石の苔や汚れが洗い流され、まるで大理石のように真っ白になり、その上を透きとおった水が流れているのです。

そのあまりのきれいさに、汚れものを洗って水を汚すことが罪のようにさえ思えました。そうして、しばらく立ちつくしたままで流れに見入っていたのです。

わたしはそれまで、子どもたちを守ることに必死でした。子どもたちに不幸が降りかかるなら、それを自分が背負おう、そう考えて生きてきたのです。この清明な川の流れは、そんなわたしに神様がくれた、ご褒美のように感じられました。こういう形で報いていただけるなら、これから起きることも苦にせず、笑って歌って乗り越えられる……自然と、そんな気持ちになれたひとときを、拘置所の外に降る雨を見ながら思い出していました。

その翌日、三男の職場の人が白樺の皮を持ってきてくれて、屋根に貼ってくれました。現金収入のなかったわたしに、職場の同僚の母親というだけで家を修繕してくれることはとても嬉しく「ありがとう、これぞまさしく社会主義ですね」と、感謝の言葉を伝えたものです。

第九章　日本への長い道

拘置所で新年を迎えても

長くいて三ヶ月といわれるこの拘置所に来て、五ヶ月目。あまりに待たされ、本当に日本に帰れるのかという疑念を抱いたまま、新年を迎えました。元旦の朝食は、いつもの匂いのするご飯と汁物でしたが、夕食にはみかんが一人に一個ずつ、それにアメが何個かついてきたところが、いつもと違うところでした。

こうして、ふだんと同じようにお正月が過ぎ、何日かしたある日、呼び出されて行ってみると、三男も出てきていました。そして、すぐ服を着替えるようにと指示されました。しかしわたしたちは、夏に捕まったので、冬物を持っていません。そう伝えると、そのまま倉庫に連れていかれました。

その倉庫には、拘置所に入れられていた人たちの荷物が、収められていました。係官に、その中から合うのを選んで着るように言われ、着替えると今度は、外に待っていた車に乗せられました。

わざわざ着替えさせて、北朝鮮に送還するというのは考えにくいです。それではなんのために？　と思っていると、車は図們の市街地に入っていきます。久しぶりに見る街の景色に、生き返った感じがして見とれていると、車は写真館の前に止まりました。

「オモニ、パスポート写真だよ！」

隣に座っていた三男が、わたしの膝を叩いて嬉しそうにささやきました。すっかり疑ぶかくなっていたわたしは、そこでやっと、日本に帰れるという実感が湧いてきました。そして、三男がこれまで、日本に行けることが信じられないままだったことにも、気づきました。

三男はこのことを、拘置所でわたしから聞いただけだったようです。パスポート写真を撮るにも、なにも言わずに連れてこられるくらいですから、三男はそれ以外、看守や係官からはなにも聞いていなかったのでしょう。ですからこのときに、三男に詳しい話をしてあげられなかったことを後悔しました。

というのは、わたしたちはそれから、拘置所でさらに待たされることになったからです。パスポート写真を撮ったのですぐにでも日本に帰れる、というのは完全に期待はずれでした。

この拘置所の質素というより粗末な食事に加え、落胆が追い討ちをかけ、自分でもどんどん衰弱していくのがわかりました。それでも拘置所では、日本に行くことが決まっているわたしたちに、気を使ってくれているようでした。なにしろ、この拘置所から日本に行くのは、わたしたちが初めてなのです。日本でこの拘置所のことを、悪く言われたくはなかったのでしょう。

そうしてわたしは、この後また部屋を移されました。今度は女性の雑居房ではなく、脱北者の家族、それも朝鮮人民軍の捕虜一家がいる部屋でした。

この家族は、南北戦争——北朝鮮では朝鮮戦争をこういいます——で、捕虜になった南（韓国）の兵士の一家で、北朝鮮内で釈放されたあと、地方の炭鉱で働かされていた人の奥さんと娘夫婦、そしてその子どもが一つの部屋に入れられていました。それが、一家全員で脱北し、韓国に亡命しようとしていたところを、捕まってしまったのだということでした。

捕虜だったおじいさんは、脱北するまえに亡くなったということです。残された家族の中には、まだ歩けない赤ちゃんがいて、部屋の中をハイハイしていました。こんな赤ちゃんを連れてまで、逃げようとしていたということは、よほど大変な目に遭っていたのでしょう。それを思うと気の毒で、詳しい話を聞くことなどできませんでした。

この家族は、韓国に行くことが認められ、春になってから出ていきました。亡くなった元捕虜のおじいさんは、家族のために盾になったのか、それとも無念の死を遂げてしまったのかはわかりません。ただ、脱出できた安心感と、あたらしい国で生きなければならない不安とが入り混じった、あの人たちの表情は記憶に残っています。

お金を渡す女性たち

わたしが知る限りで、この拘置所から韓国に行くのは、その家族で三度目だったと思います。韓国に行く手続きは、すでに決まっているのでしょうから、長くかからないのでしょう。それに対して、日本に行くのはわたしたちが初めてです。手続きや審査などで時間がかかるのはわかりますが、それにしても長すぎるように感じました。

　前の年の八月に捕まり、正月にパスポート写真を撮って、待っているうちにまた夏が来ようとしていました。元捕虜の家族の後からも、次々とたくさんの脱北者が捕らえられては、北朝鮮に送還されていきました。それなのに、わたしたちにはなんの変わりもありません。

　もしかすると、なにか問題でも起きて、北朝鮮に送り返されてしまうのではないか。そんな疑念が湧き上がり、不安をおさえきれず、所長に思いきって聞いてみました。

「時間がかかっているから心配なんですね。日本に行く決定は、変わっていませんよ。大丈夫です、安心してください。国と国との交渉ごとですから、わたしたちも上からの指示を待たなければならないのです」

　所長の返事は、たしかにもっともなように聞こえました。しかしそれだけでは、そのときのわたしの心配は晴れませんでした。

「そうおっしゃいますが、本当はまた北朝鮮に送り返されるんじゃないかって不安なんです。それでこうして、お話をしているのですが……」

「ああ、本当に心配しているんですね。でも日本政府とは交渉が進んでいますし、もうパスポート写真も撮っているでしょう？　もう絶対に北朝鮮の勝手にはさせませんから、心配しなくてもいいですよ」

そこまで言われてやっと安心しましたが、それにしても長すぎます。韓国に行く人がすぐに出ていくのを何度も見ているので、なおさら不思議でした。

そうしている間にも、またあらたな人たちが連れてこられました。その中に、日帝時代に裕福だった家の娘さんがいました。親のどちらかが、日本で教育を受けていたということで、その素直な娘さんは、他の収容者が歌ったり踊ったりしているときも、おとなしく見ているだけでした。

その娘さんが、ある日、話しかけてきました。

「おばさんは帰国者だって聞いたんですけど、本当ですか？」

「そうだよ、それがどうかしたの？」

「実は一つ相談があるんです」

「なんだい？　言ってごらん」

「わたし、ここの検査が怖いんです。それで、お金を持っているんですけど、これが見つかってひどい目に遭うのが怖くて……。おばさん、このお金、受け取っていただけますか？」

この娘さんは、おとなしくしながら、同じ部屋の人たちを観察していたようです。この拘置所では、何日かに一度検査があり、係官の男たちが雑居房に立ち入り、女性を一人ひとり身体検査をしていきます。しかしわたしだけは素通りで、検査をされていないことを見ていたのです。

「いいけど……でもお金を持っていると、北に送られた後で役に立つんじゃないの」

「ご心配なく。わたし、お金がなくても大丈夫です」

わたしはその言葉を聞いて、この娘さんは北朝鮮に送られることはないと、自分でわかっているように感じました。

「それは本当なのね？　本当だったら受け取ってあげるよ。わたしも中国のお金は必要ないけど、困っている人に渡すようにするから」

わたしがそう言うと、娘さんは喜んでビニールに包まれた、小さく丸めたものを手に握らせてくれました。

「いくら入ってるかは聞かないけど、どうしてこれをわたしに？」

「ここに入ってから、ずっとおばさんのこと見てたんです。わたしの祖母のような感じの方だなって思ってて……。他の人だと告げ口されそうだけど、おばさんならきっと大丈夫だと思って、思い切って聞いてみたんです」

「そうなの……実はわたしもあなたのこと、他の人とは違うなって思っていたのよ」

わたしたちはそう言った後、顔を見合わせてお互い、小さく笑い合いました。それから何日かして、その娘さんだけが、他の人たちとは違った方法で出ていきました。きっと誰か有力な人の力があったのでしょう。とにかく幸せになってほしいと祈りながら、その背中を見送りました。

この娘さんから渡されたお金は、わたしの身のまわりをお世話してくれた人にあげました。しかし、わたしにお金を渡したのは、この女性だけではありません。わたしと同じ帰国者のある女性は「日本に行くとき、服でも買って着替えてください」と言い、そのときのお金を出ていく人に渡したと伝えると、またくれたのです。

日本に行くことが決まっていたわたしには、中国のお金は必要ありませんでしたし、それ以上に、わたしよりも困っている人の助けに、少しでもなればと思っていました。だからこそ、こういう人たちが、わたしを信用してくれたのかもと思っています。

ショッキングな言葉

所長から日本に帰る確約の言葉を聞きながら、いつまでも待たされることに落ち着かなさを感じ始めているうち、やっと呼び出しがありました。そして、正月の写真撮影のときのように着替えさせられ、いつもの事務室に行ってみると、いままで会ったことのない役人風の男が座っていました。

「これから日本領事館から来る人と、会うことになっていますが、ここであったことは、あまり話さないでいただきたい。お願いできますね？　体の調子はいかがですか？　食べ物はどうですか？」

「はあ……北朝鮮にいたころより、少しはマシでしたね」

いかにも役人らしい話ぶりと中身に、そう返すと、隣に座っていた役人は突然、笑いだしました。どちらも朝鮮族だったので、言葉が通じるのを幸い、嫌味のひとつも言いたかったのです。

笑ったのは、中国の朝鮮族が持つ北朝鮮への優越感からだったのでしょう。「どの食事も大変結構でした。ごちそうさま」とか「おかげさまで何度も食中毒にさせていただきました」と言いなおしたいような気もしていましたが、その笑いを見て、どうでもよくなりました。それよりとにかく、早く日本領事館の人と会いたかったのです。

その朝鮮族の役人二人は、わたしと三男を車に乗せ、図們市街に向かいました。建物も、案内された応接室も立派な作りで、あらためて北朝鮮や中国との差を感じました。それほど待たされずに、日本の役人らしい人が二人、応接室に入ってきました。

そのうちの一人が、座るか座らないかのうちに、

「まず、あなたに言っておきたいのは、こんなことが二度と起きてほしくないということなんです。今回のことは絶対、マスコミや他の人に教えないでいただきたい」

目の前に座った、髪の少ない赤ら顔の役人のその一言は、まさに〝頭から冷や水を浴び

せられた〟でした。

牡丹江で会ったNGOの人は、わたしの話を熱心に、ていねいに聞いてくれました。ここでも当然そうだと思い、気持ちがうわついて落ち着かず、夢を見ているような感覚だったのですから、無理やり叩き起こされた感じでした。

最初に一言「体はどうですか？」くらいの言葉を聞きたかったのですが……。わたしは自分の浅はかさを後悔しながら、その人の話に、うわの空で返事をしていました。

他に、記憶に残っている言葉を記しましょう。

「わたしは今日、あなたたちのパスポートにハンコを捺してもらうために、わざわざここまで来たんです」

「日本に行ったらマスコミが騒ぐと思いますけど、この人たちをあまり相手にしないようにお願いします」

「あなたたちのような人がこの先増えると、困るんですよね」

〝開いた口がふさがらない〟という言い方がありますが、わたしはこのとき、それはまさにこのことだなと思い知らされました。その人の話によると、わたしたちは日本の外務省が扱う最初の脱北者だったということです。まさに役人が嫌う〝前例がない〟の典型例だったのですが、ここで口答えをしてしまうと日本行きがもみ消されてしまうだろうと必死にこらえ、指示されるままパスポートと書類に、サインをするだけでした。

失望と屈辱

日本領事館の役人のことは、わたしたちを連れてきた拘置所の役人たちもあきれていました。

「なんだよあいつら。日本人ってきれい好きだって聞いてたから、こっちも一張羅を着てきたってのに。よれよれの服にほこりだらけの靴で来て、あの言い草はないだろう、ねえ、おばさん！」

わたしは自分が感じた失望よりも、中国の役人に、日本人の態度を嘲られている屈辱感をこらえなければならないほうが、悔しいのでした。そして同時に日本に行っても、夢のような暮らしが待っているはずがない、という現実も思い知らされました。

それに、わたしが二度目の脱北をしてからまもなく、瀋陽の日本領事館に北朝鮮からの亡命者一家が駆け込む、という事件がありました。テレビで見ていたのですが、領事館の門に駆け込もうとする一家を、中国の武装警官が阻止し、それを門の中から見ていた領事館の日本人職員が、親しげに声をかけている様子が映されていました。後で聞いた話では、そのとき職員は中国語で「ご苦労さま」と言っていたともいいます。

日本に帰れるかどうかわからなかった当時のわたしは、その放送を信じられない思いで見ていたのですが、まさかそれに似たことを、わが身で体験するようになるとは……。その日に会った日本の役人はまさにその領事館から来た人で、あれが作り話でもなんでもない、事実だということを目の当たりにしてしまったのです。

日本領事館前で捕まった一家の事件は、そのあと世界に広く報道され、韓国への亡命が認められて、幸せに暮らしているといいます。わたしには、初めから韓国に行く気はありませんでしたが、それでもこの一家と、自分の身を重ね合わさずにはいられませんでした。

そしてなにより、車の隣に座っている三男はもちろん、自分の子どもたちに、北朝鮮で暮らしながら日本のよいところばかりを話して聞かせていたことを、恥じ入るばかりでした。

三男の中国逃亡談

日本の役人の態度に、三男が幻滅していたことは、話を聞かなくてもあきらかでした。やっとここまで来られたのに……そう思うと、本当に三男に申し訳なかったです。わたしたちがここまで来られたのは、三男が塩田作業にいく途中で中国に逃げ、脱北のルートと中国での居場所を探してくれたからです。拘置所にむかう車の中で、わたしはそのときの三男の話を、思い出していました。

三男が塩田で働いていると、清津行きのトラックが出る、という話を耳に入れました。そこで責任者に掛け合い、そのトラックに乗ることができたといいます。しかし清津から、国境の豆満江に行くためには、北朝鮮で一番厳しいといわれる検問所を通らなければなりません。

そこを通る乗り物は、すべて厳しい検査を受け、少しでも問題があればその場で拘束されてしまいます。そうなれば目的地に着くどころか、保安省に送られて強制労働させられてしまうことになるのです。

ましで三男は、共民証という身分証明書も通行証も、持ってはいませんでした。ですからその検問をくぐり抜けるため、清津から出発する松茸運搬の小型トラックに、乗せてもらうことにしたといいます。そのトラックの荷台には、魚の干物を売りにいく女性たちが、身動きできないほどたくさん乗っていたからです。

その中に男一人で乗った三男は、女性たちと話しながら自分の素性を打ち明け、自分には身分を証明するものがなにもない、と正直に話したのだそうです。そして検問所に着くと、ある女性が自分のマフラーを三男の頭にかぶせ「これをかぶって、わたしの膝で寝たふりしていなさい」と言ってくれました。

そのころにはもう日が暮れていて、よけいに目立たなかったのだろうと、三男は言っていました。女性たちは検査を受けながら、係官に中国製のタバコを何個もあげていたのも見ていたそうです。そして中国からの帰りでは、大型トラックの運転手を買収して助手になりすまし、堂々と検問を通過して、吉州の村まで帰ってきたのだそうです。

三男が一人で中国に脱出し、無事にまた戻ってこられたのは、こうして道中で行きあった人たちに助けられたからです。北朝鮮の、息をするだけでも恐怖を感じるような厳しい束縛の中でも、人々はなんとか生き抜いています。そしてそれができるのは、束縛する人たちとはなんの関係もない、ふつうの人と人との情けと、助け合いが生きているからだと思うのです。けっしてよいことではないと思いますが、これは恵まれた国ではできない、あの国の人びとだからこその賜物ではないでしょうか。

朝鮮には〝一匹のどじょうが水を汚す〟ということわざがあります。一人の役人の態度で、日本人全体を評価することはできないでしょう。しかし、親から日本のよいところばかりを聞かされた若者、しかも家族の中で一番痛い目に遭い、苦労した若者が、本当は全然違うじゃないかと落胆してしまったとしたら、とても寂しく悲しいことです。これから先、本当にそうならないことを、わたしは心の中で祈るしかありませんでした。

日本に帰る日

日本領事館の人に会ってから、何日かたった日の夕方、拘置所の副所長がわたしの部屋を見にきました。

「おばさん、掃除なんかしてるのか。もうそんなことしなくていいんだよ。やめなさい」

そう言いながら副所長は、片手でＯＫサインを作って、わたしに見せました。それでわたしは「ＯＫ？」と声に出して確認したところ、うなずいて「支度して待っていて」と言い残し、足早に立ち去りました。

支度といっても、手ぶらで捕まったので、なにもありません。トイレットペーパーや塩、洗面道具などは拘置所の中では貴重品でしたが、外に出ればありふれたものです。役人からもらった歯磨き粉も、この部屋で持っているのはわたしだけでしたが、わざわざ外に持って出るようなものでもありません。そういったものを、同じ部屋の人たちに配っているうちに、看守が迎えにきました。

床暖房で暖かかった雑居房を出ると、廊下の寒さが身にしみました。もうすっかり、冬になっていたのです。外はすっかり暗くなっていて、ぼたん雪が音もなく降っていました。

わたしと三男は、外で待っていた車に乗り、およそ一年半いた拘置所を後にしました。車の窓からは、所長と何人かの役人が、見送ってくれるのが見えます。それが、この拘置所で最後に受けた、人間らしい待遇でした。

車は図們駅に着き、そこからは寝台付きの特別列車に乗せられました。寝ごこちは悪くはなかったのですが、拘置所の床で眠ることに慣れていたせいか、緊張してしまって寝ることはもちろん、出された食事ものどを通らないままで、朝を迎えました。

窓の外の景色を見ていると、列車は大きな街に入り、やがて駅に着きました。ホームにある看板を見ると、簡体漢字で〝長春《ちょうしゅん》〟と書いてあります。長春市は、図們と同じ吉林省の省都で、国際空港がある街です。

わたしは中国語がわかりませんが、日本にいたおかげで漢字が読めたため、それほど生活には不自由していませんでした。駅で切符を買うときなどは、行き先を漢字で書いて見せればよかったのです。

早朝からにぎわう駅の中を通り、待合室に入ると、それまでわたしたちがいた拘置所の女性看守が待っていました。そこでしばらく時間をすごしていたのですが、三男はその看守となにか話しています。あとで何を話していたのかと聞くと「日本に行くの?」と聞かれたのだそうです。「そうです」と答えると、うらやましそうにいろいろと聞かれたよ、と笑って答えました。

待合室で時間をすごしていると、日本領事館の人がやってきました。あの日の、あの嫌味な人ではありませんでしたが、機嫌がよくないことは、ひとめ見て気がつきました。せっかく日本に帰れるという日に、気持ちのいいものではありませんでしたが、仕方ありません。その人が来ると、わたしたちは挨拶もせず、空港に向かいました。

初めての飛行機なのに

拘置所の倉庫にあった、誰のものかもわからない服を着たわたしたちは、搭乗前の荷物検査を受けました。といっても、着の身着のままで捕まったわたしたちに荷物などあるわけがなく、手ぶらです。検査の係官は、不思議そうな顔でわたしたちを見ていましたが、一緒にいた領事館の人が事情を説明してやっと通ることができ、飛行機に乗り込むことができました。わたしと三男は隣同士の席に座り、領事館の人は離れた席にいました。

生まれて初めての飛行機だったのですが、なぜ気分が浮き立たなかったのか、いまでもわかりません。

離陸してしばらく経ち、座席ベルトを外すサインが出たところで、やっとわたしには、隣に座る三男に気を配る余裕ができました。

わたしたち家族のなかで、一番ひどい目に遭ったのは、この三男でした。この子の父――わたしの夫は、日本でボクシングをしていて、身を守るためにと子どもたちに基礎を教えていました。特にこの子は、生まれたころは体が弱かったため、気にしていたようです。

しかし、そのために手が他の子たちよりも分厚くなり、それで〝スパイ訓練を受けた〟という言いがかりをつける口実にされました。それで床におさえつけられ、スパイクのついた軍靴で踏みにじられ、血まみれになったことが何度もあったのです。

またあるときには、わたしが切ってあげていた髪型が、気に入らないと言われて、剪定バサミでめちゃくちゃに切られ、見る影もない形にさせられて帰ってきたこともありました。軍靴で顔を蹴られたときの傷は、いまも痛々しいままに残っています。

そういうふうに三男をいじめていた人たちも、わたしの兄が日本の朝鮮総連の幹部だと聞くと、手のひらを返すような態度になったものです。

そういう卑怯な人たちから、わたしの何倍も痛い目に遭い、苦労を背負ってきた三男は、やっと日本に帰ろうという飛行機の、わたしの隣の座席で具合が悪そうにしていました。拘置所を出る前からそうだったのか、それとも、やっと自由の身になれ、日本に行けることを実感したことで、それまでずっと感じていた緊張から解放されたからなのかは、わかりません。ですが、自分の思いにとらわれてすぎて、三男のことに気をまわせなかったことは、母親として恥ずかしく思いました。

やがて飛行機の窓から、懐かしい日本が見えてきました。その前夜、ぼたん雪が降る図們を旅立ち、氷点下の長春空港を発ってきましたが、眼下の日本には雪がなく、とても暖かそうです。それを見て、なぜかとてもホッとしました。これまでずっと寒風にあたりつづけてきたのですから、せめて風だけでも暖かく迎えてほしい……そんなことを考えていました。

最初に脱北を試みてから、七年ほどが経っていました。そのあいだ、とにかく北朝鮮から離れて日本に帰ることだけが、わたしの希望でした。そして苦しかったときには、日本に帰った自分を思い浮かべ、日本の土を握りしめて「帰ってきたよ！」と叫ぶところを想像して、自分を鼓舞していたのです。

そしてそれがいま、やっと現実になったのです。

帰国の感動と兄との再会

成田空港では、在日大韓民国民団（民団）と、NGOの関係者の方々が、わたしたちを迎えてくれました。そして、民団と「北朝鮮帰国者の生命と人権を守る会」の方々が、日本で保護をしてくださると仰いました。日本に着いてからのことがまったくわからず、ずっと心配だったのですが、暖かく迎えていただいて、膝から力が抜けるほど安心しました。

この感謝の気持ちは、文字であらわしようがありません。

その様子を見ていた、領事館の人は「いろいろな団体があなたたちの面倒を見てくれると思いますよ」と言い残し、一人で出口に向かっていきました。

日本に帰ったら、なにを置いてもまず兄に会わなければと思っていました。兄が日本にいなければ、わたしたちはきっと北朝鮮で餓死していたに違いありません。送金をはじめ、陰に陽にわたしたちを支えてくれた兄に、帰国の挨拶をし、感謝の気持ちを伝えなければなりませんでした。

ですから、兄に再会できたときの感動は、どんな言葉でも言いあらわすことができません。しかし同時に、北朝鮮にいた自分たちが、どれだけ兄の、そして兄のご家族の負担になっていたか、どれだけわたしたちが無理な要求をしていたかが、本当によくわかりました。

わたしが再会したころ、兄はもう高齢で、病気で目が不自由な状態でした。それに、兄の奥様も体を悪くしていました。それでもわたしたちに、多くの支援をしてくれていたのです。本当に感謝しかありません。

兄は、自分の人生は北朝鮮に帰国した、わたしたち家族を生かすためにあったようなものだ、と言っていたのを思い出します。兄は朝鮮総連の幹部でした。そのため、自分の子どもたちが差別にあったと言っていました。それに、民団に入ったほうが差別は少ないし、商売もしやすいだろうとも言われ、自分でもそれはわかっていたと言っていました。

それでも兄が、総連に籍を置き続けていたのは、わたしたちのためだったのです。「親兄弟が帰国しているから、いざというときにはこの地位が役に立つんだ」という、北朝鮮に来たときに言っていた言葉が、いまも心に残っています。

あらたな苦労と希望

こうして、やっと帰ることができた日本ですが、自由のない北朝鮮に長くいたせいか、なかなかなじめないこともありました。たとえば、アパートを借りるにもいろいろな手続きがあり、強制されてはいなくても守らなくてはいけない、細かい規則や決まりごとがある社会のありかたは、北朝鮮とはまったく違い、正直イライラしたこともありました。

それでもまだわたしは、日本で生まれ、日本語が話せます。しかし、子どもたちは北朝鮮で生まれ、朝鮮語しか話せず、一から学ぶ以外にありませんでした。それだけでも、子どもたちはもちろん、わたしにとっても大いに悩むところでした。

しかし一番苦しかったのは、子どもたちが北朝鮮出身であることを、なんとなくにせよ、隠していかなくてはならないことでした。友だちを作るにせよ、就職するにせよ、わざわざ自分で言わないことにより、隠しているような気になってしまうことが、精神的な負担になっていました。

いま、わたしの子どもたちは韓国籍に入っています。しかし、韓国の人が子どもたちの言葉を聞くと、北の出身だとわかってしまいますし、長く付き合っていれば、日本の人もそれと気づくものです。

北朝鮮出身であることが、恥じることではないことは、理屈ではわかっています。しかし、いまのあの国のありさまや、国としての行ないを見ていると、堂々とは言いにくい、というのが正直な気持ちです。

実は一時期、子どもたちは韓国に住んだほうが本当は暮らしやすいのではないかと、真剣に考えたこともありました。言葉で苦労するのを、見ているとつらかったからです。それで、三男たちが韓国に行って、実際に働いてみたこともあるのですが、観光ならばいいけれど、暮らすことはできないと実感して、帰ってきました。

そのときは、建設現場で働いたそうなのですが、日本よりもはるかに危険で、労働時間が長く、また賃金も少なく保証もなかったのだそうです。

韓国にも、日本から行った帰国者が住んでいます。しかしわたしは、日本で生まれ、日本の言葉を話し、日本の生活に親しんできました。そして、美化されていたとはいえ、日本のすばらしさを、子どもたちに言い聞かせてきました。ですから、子どもたちと一緒に日本に帰ってきて、本当によかったと思っています。

いまでもわたしは、北朝鮮に残った家族と連絡をとっています。そこで聞く限りでは、あの国の状況はなに一つよくなってはいないようで、むしろ以前より、厳しくなっているようです。

北朝鮮の人たちは、何十年もあの恐ろしい体制に支配され続けてしまい、すっかり臆病になって生かされています。そしてなにより、食べものがありません。自分が食べるものがないということは、子どもたちにもない、ということです。それがどれだけつらいことかは、実際に体験してみなければわからないでしょう。

人間が生きものである以上、まずは食べなければならないのです。自由とか人権、民主主義や豊かな心、人と人とのつながり……。どれも大切なことです。しかし、その大切なことは、自分も子どもも、働いたぶんしっかり生活を守れるだけの収入があり、ちゃんと食べていられるからこそ生まれる余裕があるからなのだと思います。

昔、朝鮮半島は、日本の植民地でした。この〝植民地〟といういいかたには、いろいろ意見がありますし、朝鮮民族としては、他の国の支配を受けたことが悔しい、という思いもあります。しかし、少なくとも日本の支配を受けていたころは、いまの北朝鮮よりも食べ物の苦労はありませんでした。そうしてみると、いまのあの国の人たちが置かれている、食べ物のない生活は、わざとそうさせることで人々から豊かな心を奪う、残酷なやりかたなのかもしれません。

わたしたちの父親たちは、地上の楽園という言葉を信じ、北朝鮮に帰国しました。けれどそれが失敗だったことは、わたしのような帰国者が大勢、脱北した事実が語っています。しかし、そんな国でも、そこで出会ったふつうの人たちとの、よい思い出はたくさんあります。そんなふつうの人たちが、当たり前に幸せに、生きていられるような国になってほしい。

日本に戻ることのできたわたしは、あの国に残した家族のことを思いながら、一日も早くそうなる日が来ることを願いつづけています。

おわりに

日本に帰ってこられて齢を重ねるうち、わたしは「祖国とはなにか」と、考えるようになりました。

わたしは日本で生まれ、日本で教育を受けました。そのせいか北朝鮮に渡ってからも、中国にいたときも、日本人扱いをされてきたのです。そのことで自分は、ずっと考え違いをしてきたのではないかと思えるのです。

両親は、間違った選択で北朝鮮に帰国し、そこで亡くなりました。しかし両親、そしてわたしの祖先はいまの韓国（南朝鮮）の地に葬られ、土になっているのです。

＊　＊　＊

日本に帰ってすでに長い時間が経っていますが、わたしはいまだに〝定住者〟であり、永住権もなく帰化することもできていません。わたしの子どもたちの祖父母は、北朝鮮に渡ったとはいえ日本人なのに、です。わたしが結婚した相手も、北朝鮮に渡ったとはいえ日本人の母親から生まれた人です。にもかかわらず、何度帰化申請をしても、わたしたちの国籍は、わたしたちに断りもなく韓国籍にされたままで、却下されてしまうのです。

この問題は、もう個人の努力では解決できないことなのだろうかと、納得できないまままで今日まで生きてきました。ですから、老い先短いとはいえ、わたしは、それなら韓国人として生きていこうと決心し、最近は韓国の情報に気を配るようにしています。

＊　＊　＊

十八歳で北朝鮮に行き、共産主義社会で約四十年間、生きてきました。わたしの波瀾に満ちた人生は、あの国で始まり、日本に帰った日まで続きました。

あの国は、金一族三代にわたる独裁政治のため、いまも飢餓と貧困に喘いでいます。わたしが最初に脱北した一九九〇年代には、三十万人が餓死し、三万五千人あまりが韓国に脱北しています。

島国に住む日本人には、陸地にある国境というものがどんな感じなのか、想像することができないでしょう。北朝鮮と中国の国境は、豆満江という川ですが、向こうの川岸は違う国で、違う言葉を話す人たちが普通に暮らしているのです。

一九九七年、餓死者が爆発的に増え、身の危険を感じたわたしは、この川を渡りました。

この年は、わたしが川を越えた春から夏にかけて毎日のように雨が降り、それが不作の原因になって餓死する人が増えることはあきらかでした。

豆満江は、朝鮮族が独立運動を起こすたび、数えきれない人たちが命を落とした場所だと聞いています。そしてこの川では、いまも圧政や飢餓を逃れようとするたくさんの人たちが、命を落としています。

本文で触れた次男の遭難死ですが、実はそのあと、看護師をしていた恋人が次男のあとを追い、自ら命を絶ったと聞きました。この川にはこんな若者たちの悲しい結末も刻まれ、思い出すたびに胸が痛みます。

豆満江にはこうした、命を落とした人たちだけではなく、愛する人を亡くした人たちの記憶も刻まれています。この川には無念の涙を呑んだ人たちの血が流れ、思いを馳せる人たちの涙で乾くことはない……わたしにはそう思えてなりません。

＊　＊　＊

先ほど、韓国に住む脱北者のことに触れました。餓死者の十分の一程度の人たちが韓国にたどり着けたわけですが、その中には、片足でいくつもの国境を越えて韓国に渡り、政治家になった人もいます。しかし、それはあくまで運のよかった人たちで、脱北の途中で命を落とした人の数はそれ以上だったのではないかと、わたしは思っています。

そして餓死した人の中に、日本からの拉致被害者がいないとは断言できません。日本政府は拉致問題を、対話で解決しようとしているようですが、それは北朝鮮という国、金一族が支配する独裁国家が実際どういう国であるかを、きちんと理解できていないからではないでしょうか。

わたしは、朝鮮半島の統一こそが、拉致問題を解決する方法だと思っています。北朝鮮が自由と人権を重んずる国になれば、拉致被害者も自由になり、日本に帰ることができるはずで、そのためにこそ統一が必要なのです。そのため日本政府も、日本だけでなく韓国で北朝鮮問題に取り組んでいる組織や人たちに寄り添い、もっと積極的に支援していただかなければならないのではないでしょうか。

わたしは、北朝鮮という国はもう長くは保《も》たず、自由な国になる日も近いのではないかと思っています。あの国の人たちは、北朝鮮という洞窟の中でコロナウイルスを避け、国からの取り立てを避けて、日々の苦しみを仲間たちと歌って紛らわせる、強い忍耐力の持ち主です。しかしそれももう、限界に来ています。

あの国で長年暮らした経験を持つ者として、かつての同胞に平和と自由が手にできる日が来ることを、そしてその日まで、無事に生きていられることを願いながら……。

＊　＊　＊

以上、わたしの波瀾万丈な人生を本に残したい気持ちで、筆をとりました。ご協力をいただいた皆様に、心から感謝いたしております。

命をかけて帰ってきた日本は、天国ではなかった……そう気を落としていたわたしを、あたたかく出迎えてくださったNGO（大変心苦しいですが、お名前を記すことができません）と在日大韓民国民団からは、定着費までいただき、大変に助けていただきました。北朝鮮帰国者の生命と人権を守る会からは、心熱いご援助をいただき、日本に定着する土台を作ることができました。いま、わたしがこうしていられるのも、ご支援くださった皆様のおかげです。この場を借りまして、あらためて御礼申し上げます。

こうして日本で、皆様のお力をいただくことができたのは「なんとかなるさ」という、わたしの生き方のためだったのかもしれません。思えばわたしの人生は奇跡の連続で、自分の力と知恵だけでは、到底ここまで来ることはできなかったでしょう。
日本までたどり着く途中には、騙されたり利用されたりしたこともありました。しかし自分は神様に守られていて、吉州でも歌っていた中学校の校歌にある〝強く正しく〟を信念として生きていたことで、ここまで来ることができたのかもしれません。

二〇二一年一月吉日

梁　葉津子

《解説》北朝鮮帰還事業は「北送」事業だった

三浦小太郎（評論家）

本書の歴史的背景

本書の著者・梁葉津子氏は「北朝鮮帰国者」の一人である。一九五九年十二月に第一船が新潟港を旅立ってから一九八四年まで、九万三千人を超える在日朝鮮人（及び朝鮮人と結婚した日本人配偶者、そのほとんどは女性だった）が北朝鮮に旅立っていった。自由民主主義国から共産主義国にこれほどの人間が渡っていったのは、人類の歴史上、おそらくこれが最初で最後の出来事である。

しかも、北朝鮮と日本とは今も当時も正式の国交はない。異例ずくめの出来事だったが「北朝鮮帰還事業」「帰国運動」などと呼ばれたこの事業を、日本の政党、有識者、マスコミのほとんどは「北朝鮮に『帰りたい』在日朝鮮人を『帰国』させるのは居住地選択の自由という人道事業だ」として全面的に支持していた。何よりも熱心に北朝鮮を讃美し、帰国を奨励、いや扇動したのは、北朝鮮の事実上の帰属組織である朝鮮総連だった。本書にもあるように、総連は「北朝鮮は地上の楽園だ」「子どもたちも幸せになれる」「高度な教育も受けられる」などの宣伝を盛んに在日朝鮮人に対し行い、著者の父親はそれを信じ込んで北朝鮮に行くことを決めたのだった。

だが、結局この事業は、虚偽の宣伝で北朝鮮に在日朝鮮人を送り込む「北送事業」に他ならなかった。当時の在日朝鮮人のほとんどはその出身地は韓国であって、北朝鮮に行くことは「帰国」でもなんでもない。ましてや、著者のように戦時中に日本で生まれた在日朝鮮人にとって、ある意味故郷は朝鮮半島ではなく日本なのである。著者にとって北朝鮮とは「自分の故郷でもなんでもない、言葉もわからない見知らぬ国」（14頁）だったのだ。

しかし、父親が望む帰国に逆らってまでも日本に残ることはできなかったし、国民を思いやる指導者として描かれていた当時の金日成像に一定の共感を覚えていたことも、著者は正直に告白している。そして、日本に一家の長男が残ったことが（一家のうち誰かを残し、後に北朝鮮の実情が日本での期待通りならば呼び寄せようという二段構えで旅立った帰国者家族は少なくない）著者をはじめ北朝鮮に住む兄弟たちを救うことになる。

本書が単なる北朝鮮の告発本にとどまらず、まるで冷静なルポルタージュ文学のような趣をたたえた作品となったのは、著者が北朝鮮における生活、そして後述する脱北後に様々な苦難に見舞われた中国での逃避行、さらには長期間にわたる獄中の日々を、常に「故郷喪失者」としての冷静な眼で見つめつつ生きてきたからに他ならない。確かに北朝鮮や中国の悪しき政治体制の本質が本書には見事に描き出されているのだが、それは政治的発言や告発の形ではなく、その体制下で否応なしに進む人間精神の荒廃としてあらわれている。そして同時に、どんな抑圧体制下でも決して精神の自由を失わなかった人々、時として体制側の人間にすら見られる善意や良心が確かに存在したこと、それが読者に希望を与えてくれるのだ。

帰国直後の絶望と北朝鮮での生活

「地上の楽園」であるはずの北朝鮮に帰国した一家を待っていたのは、日本にいた時よりもはるかに貧しく希望のない生活だった。著者はさりげなく、帰国直後に入れられた施設で、失望のあまり暴れ、金日成の肖像画に物を投げつけた帰国者がいたことに触れているが、彼らのその後の運命はおそらく悲惨なものだったろう。

特に胸が詰まるのは帰国を強く主張した父親の絶望した姿である。すでに六十歳を迎えていた父は、労働力としても技術者としても北朝鮮に寄与できるものはほとんどなく、中国国境近くの街に送り込まれた。日本に帰りたいと訴えた著者に応えた北朝鮮の傷痍軍人たちの言葉が印象的である。

「あと三年すれば朝鮮半島は統一して、南の穀物と北の工業で豊かな暮らしができるから、心配しなくていい」（22頁）

この言葉は単なる宣伝でもなく、まだこの時期は本気でそう信じている人が、北朝鮮国民の中にも、そして総連の一部にもいたのだろう。だが、それから六十年以上が経過したというのに、悪くなりこそすれ北朝鮮の実態は何ら改善されてはいない。

その後、著者は同じ帰国者の男性と結婚する。あくまで一般的にだが、帰国者は帰国者同士で結ばれることが多かった。外の自由な社会を知っている帰国者たちと、生まれた時から閉鎖社会である北朝鮮で生きてきた人とでは感覚が合わなかったのだ。しかし、夫は当初ほとんど働く姿勢を見せず、生活や子育ては著者が女手一つで引き受けることになる。

これも単に夫が怠慢というのではなく、北朝鮮の現実を見た絶望から気力を失った面が大きかったのだろう。

しかし、母親として子供を守らねばならない意志が、著者を仕事に駆り立てた。ここで散髪やパーマの職に就いたのも象徴的である。帰国者は外部の情報に触れていたため、現地の人にはないしゃれっ気やデザイン感覚があったのだ。おかげで現地のお客さんにも好評で、お礼に野菜や穀物をたくさんもらえたという（34頁）。そんな中、一九八〇年代になってから、帰国者の家族が北朝鮮に親族訪問に訪れるようになった。彼らが乗ってきたのが、いわゆる「万景峰号《マンギョンボン》」である。

日本からの家族を迎える時には、北朝鮮は帰国者たちに新たな家を与え、普段は食べられない肉や果物、お酒まで支給した。しかし、数十年ぶりの家族の再開も、全て監視員が見張り聞き耳を立てる中で行われる。日本から来た兄は「この家は、兄ちゃんが日本から来るからもらえたんだろう」「みんな知っているから何も言うな」と静かに語ったのちに、これ以上はない励ましの、しかし哀しい言葉を伝える。

「お前たち、もうここに来た以上、ここで生きていこうと思え。朝鮮人が朝鮮で暮らしているんだから、それでいいと思え。兄ちゃんにも考えがある。直接には何もしてやれないけど、ほしいものがあったらなんでも言え。日本に帰ったら、なんでも送ってやる」（36～37頁）

北朝鮮では「金日成や政治のことなど考えず、その日一日をいかに無事に過ごすかという事だけを」考えるしかない。「それでいいと」あきらめて生きていくしかないのだ（これは拉致被害者もほとんど同様の心理状態にあると思われる）。そのことをよく理解した兄は、せめて日本から今後、経済的な支援を送り生活を支えてやることを伝えたのだった。

実際、兄は日本で懸命に働いて得た財産を、惜しげもなく、北朝鮮にいる兄弟姉妹たちに送り続けた。しかも一度ではない、十年以上にわたってである。

北朝鮮での生活の困窮や自由のない抑圧体制の情報は、帰国者の手紙を通じて、帰国事業開始の翌年である一九六〇年以後から、日本の家族にはもたらされていた。その結果、帰国者は一九六〇年は四万九千人を超えていたが、翌六一年には約二万三千人となり、翌六二年は三千五百人に減少した。「地上の楽園」ではなく、朝鮮総連の宣伝が虚偽のものであることはこの時点で明らかになっていたのだ。

なお、この時期に訪朝し、北朝鮮の独裁体制と帰国者・日本人妻の苦境を目の当たりにし、その実態を告発したのが、関貴星氏の著書『楽園の夢破れて』だった。しかし、この本は一九六二年に全貌社から出版されたものの、「右翼出版社から出た反共宣伝」として相手にもされず、関氏は朝鮮総連を中心とした在日社会から批判を受け、家族からも絶縁されて孤独な日々を送らざるを得なかった(『楽園の夢破れて』は、ジャーナリスト萩原遼によって九〇年代に亜紀書房から復刊されたが、現在再び忘れ去られようとしている)。

著者の兄は日本ですでに情報を知り、こうして北朝鮮で家族に再会した時に、彼らの表情、言葉遣い、そして監視者の姿からすべてを悟った。兄は送金を続けるだけではなく、北朝鮮の実態を知りながらも総連にとどまり続けた。それは今後、兄弟たちに悲劇が襲い掛かった時に(逮捕や処刑の可能性も考えていたに違いない)民団や日本国籍に変えているよりは、総連に属していた方が助けられるのではないかと考えたからだと著者は述べている。実際、そのような覚悟で総連にとどまった人たち、少しでも国がよくなり、それによって家族が救われればと思い、財産を北朝鮮に送り続けた人もいる。

だが、北朝鮮では帰国者はしばしば政府への反抗心を口にし、また「日本のスパイ」とみなされて逮捕され、収容所に送られていった人も多い。そして何よりも、家族を事実上人質に取られた在日朝鮮人は、北工作員からの命令で日本人拉致などの国家テロに協力せざるを得なくなったのだ。帰国事業に対する考察と検証なき在日朝鮮人問題への議論は無意味であり、この帰国者たちの人権救済を無視した「マイノリティの権利擁護」はこの歴史的悲劇に対する忘却を意味する。

北朝鮮からの脱出、そして投獄

金日成が死んだ一九九四年前後から、もともと最低限の食糧配給しかなかった北朝鮮には、それすらも停止する飢餓状態が訪れる。ソ連をはじめとする共産主義体制からの支援を失い、食料もエネルギーも枯渇したのだ。金正日自身「苦難の行軍」と認めた九〇年代飢餓は、三百万人もの餓死者を出したとされる。そして、この飢餓が大きく北朝鮮民衆の意識を変えた。配給の復活を従順に待つだけの人々は餓死していった。

だが、禁じられていた自由な経済活動を率先して行い、時には法の網を破り、中朝国境を越えて「脱北」する勇気と力のあるものは生き延びたのである。著者のような帰国者にとって、この時代は現地の北朝鮮民衆よりも厳しい状況だった。日本においてもバブル経済ははじけ、長年にわたって仕送りをしてきた日本の家族は疲弊し、かつ現地に親戚のいない帰国者には助け合う対象もなかったのだ。著者が選んだのは脱北だった。

本書冒頭と47頁に書かれた、三男と手を取り合っての最初の脱北（一九九七年）のありさまは、まさに国境線の凍るような豆満江を越えたものにしか書けない迫力がある。だがそれ以上に印象的なのは、北朝鮮同様、中国共産党による一党独裁が敷かれている当時の中国ですら、川を渡った著者と三男にとっては、豊かで自由な国だと感じられたことだ。夜中の街に電気がつき、ほとんど吸われていない煙草が捨てられ（北朝鮮では中国製煙草は賄賂代わりの高い価値がある）、玄関先には無造作に自転車が置かれ、犬小屋がある。そして、手の届く軒先には穀物が干され、庭の木に果物が実っている（北朝鮮であればすべて盗まれる）。こんなごくあたりまえのことが、北朝鮮で暮らしていた著者には驚きだったのである。

この中国の地で、著者はかねてから連絡していた中国朝鮮族に匿われつつ、日本にいる兄に国際電話で連絡、送金してもらって日本に行こうとした。いや、これこそ著者にとっては、故郷と兄のもとに、子供を連れて帰る、真の意味での「帰国」だったのだ。

だが、最初は親切に著者をかくまった朝鮮族は、その後日本からお金が送られてくる中でだんだん変節していく。詳細は本書第二章に書かれているが、脱北者、特に日本行きを望む帰国者を支援する目的の一つは、豊かな国日本からの送金と、かつ、自分たち朝鮮族を何らかの手段で日本に招請してもらいたいからなのだ。

かつて満州国として発展の可能性を持っていた中国東北部は、現在も、中国で最も開発が遅れている地域の一つである。特に農村では、人手不足、嫁不足の深刻な問題がある。そこに住む朝鮮族にとって、脱北者もまた「ビジネスの対象」なのだ。身分証明書やパスポートを偽造し、その為の資金を求め、また脱北女性を結婚する機会のない朝鮮族男性に手数料を取って紹介するなどの「ブローカー」的な行為が横行し、極端な場合は人身売買にもつながりかねない。実際、著者の長女は後に孫を連れて脱北、ある中国人農夫と「結婚」している。本書第二章、第三章に書かれた著者とその家族の体験は、私たちに難民問題の難しさ、複雑さを実感させるものとなっている。

そして、北朝鮮の秘密警察というべき保衛部が中国に侵入し、著者、三男、長女は捕えられて北朝鮮に強制送還されてしまう。北朝鮮保衛部は中国朝鮮族の中にも密告者を養成し、中国公安の許可なく（もともと、難民条約に加盟しているはずの中国が脱北者を保護しないことに最大の問題があるのだが）脱北者を連れ去ったのだ。ここでも、おそらくは朝鮮族の密告者には北朝鮮から金銭が与えられているだろう。なお、著者が後述しているように、脱北者自身も、捕えられた後、逆に北朝鮮のスパイとして仕立てられ、同じ脱北者を密告する役割を課せられていく。全体主義体制とは、ここまで人間精神を破壊していくのだ。

第四章「脱北者拘置所での日々」を読めば、ろくな食事も与えられず、厳しい尋問、時には拷問が行われただろうこの拘置所で、著者一家が生きのびたのは奇跡である。だが、ここで著者は、本書で最も感動的な一文を残している。

　半地下になっているこの牢獄にも春の感じがするようになったある日のことです。皆が昼寝をしている時間、立って外を見ていると、小さい窓から見える杏の木に花が咲いているのを見て驚きました。今の自分の境遇と花があまりにも不似合いだったからです。

大きい木ではなく私の腰ぐらいの小さい木に白い花が咲いているのを見ていると、なぜか涙が頬をつたってぽろぽろと泣けて来ました。

暗幕に閉ざされたこの世にも、季節が来ると花が咲くんだ！ということから、今の自分にも奇跡が起こるかも知れないと思うと希望が見えるはずですが、なぜかその時は涙が流れて止まりませんでした。（101〜102頁）

いかなる独裁体制の抑圧と暴力も、また非道な運命も、一人一人の人間が心の中に希望を抱き、自然の美しさの中に精神を解放させ、より高き存在に触れることを止めることはできない。この後、著者とその一家は釈放され、これまで生活していた北朝鮮の都市よりもさらに山奥の、電気もろくにない村に追放されるが、そこでも、著者は同じような体験をしている。台風が襲った真夜中、ろくに屋根瓦もない掘っ立て小屋にはひどい雨漏りがし、朝、雨がやんでも、玄関の土間には水が溜まっていた。しかしそれを、著者は次のようにユーモラスに表現する。

土間は湖水のように透きとおった水で満たされていて、置いてあったものがぜんぶ水に浮かび、ぷかぷかと踊るようにして居場所をさがしていたのです。
それを見ながらわたしは、本や写真で見ていたヴェニスを思い浮かべました。水に浮かぶ桶をゴンドラに見立て、人や荷物を乗せて橋をくぐり抜ける風景が目に浮かんでくるようで、また楽しい気分になって、裸足で水に足を漬けました（216ページ）。

そして著者は、洗面器で水をかき出しながらも、昔聴いたシャンソン「ゴンドラの歌」を口ずさむのだ。これも、ささやかではあっても、生きる世界をより豊かに、美しいものに変えてゆく想像力のあらわれであり、全体主義体制もこのような内面の自由を人間から決して奪い取ることはできない。

そして著者は、この、まるで李朝時代からあまり変わっていないような寒村において、人々は中心都市や脱北が可能な国境地帯よりも、むしろ純朴な生を送っていることを見逃さない。著者が、この地ではじめて北朝鮮で生活の喜びを味わったと記している。それは、政治権力やイデオロギーから限りなく遠い処にある、朝鮮民衆の純朴な伝統精神にはじめて触れたことによるものだろう。

著者は語る。それまで自分が会った北朝鮮の人々は、一見誠実そうに見えても、それは体制に順応し、本心を隠すための偽りの姿だった。そして「誠実さ」を演じているうちに、自分自身の本心すら失っていくのだった。しかし、この貧しい村には「北朝鮮では悪いものとされた厚い人情がまだ残って」いた。「悪いものとされた厚い人情」とは、人が人を信ずる心のことであり、北朝鮮が恐怖政治と密告体制の中で徹底的に破壊した精神のことである。

著者が全体主義体制下で数十年暮らしながらも、決してその精神を破壊されなかったのは、自然の美しさに感応し、想像力によって日常生活に潤いを与え、人々の善意と精神の美しさを感じ取る姿勢を持ち続けることができたからだ。逆に言えば、それを失った人間は、忽ち北朝鮮の全体主義体制に精神を支配され、仮に脱北してもその精神構造から離れられない。著者はそのような実例も幾つも挙げている。韓国に行くために「手柄」を立てようと、青酸カリで保衛部の子供を殺害した女性は、その最も典型的な例と言えるだろう（108頁）。

二度目の脱北と日本への「帰国」

そして、著者と三男、長女はこの地から再び脱北する。いかに安らかに暮らしたとは言っても、この村も北朝鮮であることに違いはない。村で親しくなったある女性が、著者に鋭く「ここはあなたが住むところじゃない。行きなさい」と告げる場面（151頁）は、まるで映画の場面のように衝撃的だ。

再び脱北した著者は、中国で今度は日本からの救援NGOに出会う。著者は日本への帰国を強く望んでいることを伝えた。その直後、再び著者と三男は、今度は他の脱北者（しかも三男に付きまとってきた女性）に密告され、中国国内の脱北者専門の拘置所に収容されてしまう。この時も著者は過労などで病気を患っており、再び絶望的な状況に陥るが、その前に救援NGOに接していたことがおそらく幸いした。日本政府・外務省が救援依頼と著者の情報（さらには日本にいる兄の情報）を確認していたため、おそらく日本政府から通達が行き、北朝鮮への強制送還を免れたのである。

その後、政府間交渉が裏で進む中、著者は数カ月をこの拘置所で過ごした。そこで出会った、次々と送り込まれ、そして北朝鮮に送還されていく脱北女性たちの姿は第八章にまとめられているが、様々な人間の悲喜劇、時には不条理演劇が連続上演されているかのようである。北朝鮮の帰国者により一時作られた「暴力団」の元団長に仕える踊り子（その団長は、今は北朝鮮政府の命令で中国で違法な商売や活動をしている）、密告者になることを断固拒否した脱北者の娘、あまりにも過酷な運命で心を病んでしまった母親。ここで語られた人たちのその後の運命は分からないが、少なくとも本書によって、彼女ら脱北女性たちの悲劇は、貴重な歴史的事実として永遠に記録されることになったのだ。

そして、本書末尾、遂に著者と三男は日本に受け入れられることになり、政府の発行した正式のパスポートで日本に入国、いや、著者にとっては約四十年ぶりの「帰国」を果たすことができた。

しかし、その帰国時点での日本人官僚の対応は、私は同じ同胞として恥かしいとしか思えず、ここでの引用も控えることにする。確かに官僚には「勝手に北朝鮮に帰った帰国者」が、数十年後に「余計な仕事」を増やしたとしか感じなかったのかもしれない。だが、北朝鮮で数十年を生き、さらに中国で二度にわたる逮捕をされた体験を持つ、かつ自分よりも年上の女性に対して、何の思いやりも礼もない態度を取ることが、どれだけ失望を与えるかも、この外務官僚には理解できなかったのだろうか。

こうして日本に「再帰国」している脱北者たちは、数名の日本人妻を含め、実は他にも多数存在する。日本と朝鮮半島のこの戦後史において、一人一人が極めて重要な歴史の証言者たりうる人々だ。現在、ジャーナリストや、脱北者自身の活動によって、この歴史的記録、北朝鮮帰国事業（北送事業）の本質が、いつか総合的に明らかにされる日がくるだろう。

本書はその中でも最も貴重な証言と、私たちに人間精神のありかを教えてくれるノンフィクションとして、長い生命を持ち続けることを私は確信している。本書に欠けているものがあるとしたら、未だに北朝鮮に親族を残していることやその他さまざまな事情で隠さざるを得ないことが、著者にはまだまだ残されていることだ。

北朝鮮体制が倒れ、拉致被害者を含めすべての北朝鮮民衆が自由を手にしたときに、必ずこの帰国者たちの悲劇の全体像が明らかにされるだろう。その日が一日も早からんことを、私は切に祈念している。（終）

北朝鮮帰国事業についての参考文献としては、以下のものを特にお勧めしたい（三浦）

『北朝鮮帰国事業の研究　冷戦下の「移民的帰還」と日朝・日韓関係』菊池嘉晃著（明石書店）
『北朝鮮帰国事業』菊池嘉晃著（中公新書）
『北朝鮮帰国者問題の歴史と課題』坂中英徳、菊池嘉晃、韓錫圭著（新幹社）
『北朝鮮に消えた友と私の物語』萩原遼著（文藝春秋）
『写真で綴る北朝鮮帰国事業の記録　帰国者九万三千余名　最後の別れ』小島晴則著（高木書房）
『北朝鮮帰国事業関係資料集』金英達　高柳俊男著（新幹社）
『帰国船――北朝鮮　凍土への旅立ち』鄭箕海著（文春文庫）
『北朝鮮脱出（上）（下）』姜哲煥、安赫著（文春文庫）
『日本から「北」に帰った人の物語』韓錫圭著（新幹社）
『北の喜怒哀楽 45年間を北朝鮮で暮らして』木下公勝著（高木書房）
『夢見た祖国（北朝鮮）は地獄だった』前川恵司著（高木書房）
『北朝鮮に嫁いで四十年 ある脱北日本人妻の手記』斎藤博子著（草思社）
『楽園の夢破れて』関貴星著（亜紀書房）
『記憶の残照のなかで　ある在日コリア女性の歩み』呉文子著（社会評論社）
『北のサラムたち――日本人ジャーナリストが見た、北朝鮮難民の真実』石丸次郎著（インフォバーン）

唐松の　林の中を　分け入れば
落ち葉踏む音　ただきみし

塩田に発ったまま三男が帰らないのをときどき保衛部から責められる中、「必ず帰ってくる」と信じ、一人寂しく山に焚き木を取りに行ったときに著者が詠んだ歌。（六章参照）

◆著者◆
梁 葉津子（りょう はつこ）

昭和18（1943）年、朝鮮半島出身の両親の下、大阪市に生まれる。２歳の時に大阪大空襲で家族は焼け出されて石川県に疎開、そのまま定住し、16歳で地元紡績工場に就職。
17歳の頃から父親あてに朝鮮総連関係者の訪問が始まる。熱心な説得に応じて北朝鮮への「帰国」を決心した父親に違和感を感じながらも、父親への同情心と両親との別れがたい気持ちから共に北朝鮮へ行くことになり、昭和35（1960）年、両親の生地ではなく自分の出身地でもない「祖国」北朝鮮に「帰国」する。
言葉も習慣も日本とまるで違う生活、同じ帰国者でも働かない夫、ないないづくしの育児……それらを通じ、北朝鮮では「強くなければ生きていけない」ことを自覚。改革開放で活気付く中国人を目の当たりにし、金正日体制下の「苦難の行軍」で食糧配給が途絶えるに及んで脱北を決意する。１度は失敗して強制送還されるものの、２度目に成功、現在は日本に定住している。

編集協力：菅野 静

冷たい豆満江《トマンガン》を渡って

令和３年 ５月13日　第１刷発行

著　者　梁　葉津子
発行者　日高　裕明
発　行　株式会社ハート出版

〒171-0014 東京都豊島区池袋 3-9-23
TEL.03(3590)6077　FAX.03(3590)6078
ハート出版ホームページ　http://www.810.co.jp

定価はカバーに表示してあります。

ISBN978-4-8024-0117-3　C0095

印刷・製本　中央精版印刷株式会社

竹林はるか遠く
続・竹林はるか遠く

ヨーコ・カワシマ・ワトキンズ 著＆監訳　都竹恵子 訳

ISBN978-4-89295-921-9、978-4-89295-996-7　本体各 1500 円

忘却のための記録（※電子書籍のみ）

1945-46 恐怖の朝鮮半島

清水　徹 著

ISBN978-4-89295-970-7　本体 1600 円

かみかぜよ、何処に

私の遺言　満洲開拓団一家引き揚げ記

稲毛幸子 著

ISBN978-4-89295-984-4　本体 1500 円

なぜ秀吉はバテレンを追放したのか

世界遺産「潜伏キリシタン」の真実

三浦 小太郎 著

ISBN 978-4-8024-0067-1　本体 1600 円

[復刻版] 初等科国史

文部省 著　三浦小太郎 解説

ISBN978-4-8024-0084-8　本体 1800 円

[復刻版] 高等科国史

文部省 著　三浦小太郎 解説

ISBN978-4-8024-0111-1　本体 1800 円